Zig
Zag
Zig
Wisdom

ブラック・トムのバラード

ヴィクター・ラヴァル

訳＝藤井光

はじめて出逢う
世界のおはなし

相反するすべての思いをこめて、
H・P・ラヴクラフトに捧げる

装画　中村幸子
装幀　塙浩孝

ブラック・トムのバラード

The Ballad of Black Tom

第一部　トミー・テスター

1

ニューヨークにやってくる人々は、きまって同じ間違いを犯す。街の現実の姿が見えていないのだ。マンハッタンは言うに及ばず、クイーンズのフラッシング・メドウズや、ブルックリンのレッド・フックといった外側の地区にもそれは当てはまる。彼らは善悪を問わず魔法を求めてやってきて、魔法など存在しないのだとはどうしても納得してくれない。だが、それが悪いことだとは一概には言えない。そうした思い違いをだしにして生計を立てるようになったニューヨーカーもいるのだから。チャールズ・トマス・テスターもそんなひとりだ。

その日、彼の朝は、ハーレム地区にあるアパートメントからのささやかな遠出で始まった。クイーンズにある家に物を配達する仕事を頼まれていた。彼はハーレムの狭いアパートメントで父親のオーティスと一緒に暮らしていた。オーティスは二十一年間連れ添った妻を亡くしてから、体が衰えていく一方だった。ひとり息子のチャールズ・トマスはもう二十歳、独り立ちしてもおかしくない年齢だったが、孝行息子の役を演じていた。仕事をして、死にそうな父親を養う。はったり稼業で、食べ物と部屋代、そしてときおりは宝くじをする金を稼いでいた。稼ぎがその程度だったのかどうかは神のみぞ知る。

午前八時過ぎ、彼は灰色のフランネルのスーツという格好でアパートメントを出た。スラックスは裾《すそ》を折り返していたが擦れて傷んでおり、袖《そで》はどう見ても短い。いい布地だが、すり切れてきている。そのせいで、チャールズには独特の雰囲気があった。紳士だが、銀行口座には紳士というほどの金はない雰囲気だ。彼はつま先に穴飾りのついた革靴を選んだ。そして、フェルトの中折れ帽ではなく、騎馬兵がかぶるような焦げ茶色の帽子をかぶっている。つばのところは年季が入っていてすり切れていたが、これも彼の仕事にはぴったりだった。仕上げとして、ギターケースを手に持った。ギター自体は寝たきりの父親のところに置いてあった。ケースのなかにあるのは、せいぜいトランプ程度の大きさの黄色い本一冊だけだった。

チャールズ・トマス・テスターが西一四四丁目にあるアパートメントから出ようとすると、奥の寝室で父親がギターをかき鳴らす音が聞こえてきた。父親にはベッド脇にあるラジオに合わせてギターを弾いたり歌ったりして半日を過ごしてもらえばいい。チャールズは、空のギターケースと膨らんだ財布とともに、正午前には帰ってくるつもりだった。

「それは誰が書いたのか」と歌う父親の声はしわがれているが、そのせいで渋みが増している。「なあ、それは誰が書いたのか」

家を出る前に、チャールズは父親に応えてサビの最後の部分を歌った。「黙示者ヨハネだ」。自分の声が情けなかった。少なくとも、父親と比べるとまったく歌心のない声だった。

チャールズ・トマス・テスターは自分の家ではチャールズと呼ばれていたが、外に出ればトミーで通っていた。いつもギターケースを持った、トミー・テスター。ミュージシャンになりたいからではない。わずかばかりの曲を覚えるのもやっとであり、歌声は贔屓目《ひいきめ》に言ってもふらつき気味だった。レンガ工として生計を立ててきた父親と、ずっと主婦だった母親は、ふたりとも大の音楽好きだった。父がギターを弾き、母はいとも簡単にピアノを鳴らす。そんな生活のなかで、トミーが演奏に惹《ひ》かれるようになったのも当然の成り行きだったが、唯一の悲劇は彼に才能がなかったことだった。自分では人に披露できるくらいの腕前だと思っていた。彼のことをぺてん師だとか詐欺師だとかインチキだと言う者もいただろうが、自分では微塵《みじん》もそう思っていなかった。やり手のはったり稼業師とはそういうものだ。

選んだ服を着ているときの彼は、見事に落ちぶれたミュージシャンに見える。彼は人目を引くことを好む男だった。駅まで歩いていく姿は、家賃を工面するためのパーティーでウィリー・「ザ・ライオン」・スミスと一緒に演奏しに行くのだと言わんばかりだった。実際、トミーはウィリーのバンドと一緒に演奏したことがあった。一曲が終わったところで、ウィリーに放り出されてしまったのだが。それでも、ブリーフケースを誇らしげに手から提げて出勤するビジネスマンのように、トミーはそのギターケースを持ち歩いていた。一九二四年のハーレムの街角は、南部や西インド諸島から黒人たちがやってきたことで混沌《こんとん》としていた。混みあった地区に、さらに人が詰めかけている。トミー・テスターはそれを大いに楽しんだ。朝一番にハーレムを歩いていくこと、それは起き上がろうとする巨大な体のなかの一滴の血になるようなものだ。レンガとモルタルの建物、高架の線路、そして何キロも延びる地下の配管。この街は生きている。昼も夜も成長しているのだ。

ギターケースを持っていたせいで、トミーはまわりの人々よりも窮屈《きゅうくつ》な思いをした。一四三丁目の駅の入り口では、ケースを頭の上に持ち上げながら高架のプラットホームへの階段を上ることになった。なかにある小さな黄色の本が転がって音を立てたが、本自体はさして重くはなかった。そのまま五七丁目まで行くと、ブルックリン・マンハッタン・トランジットのローズヴェルト・アヴェニュー・コロナ線に乗り換える。クイーンズまで出てくるのは二度目だった。この特別な仕事を引き受けたときが一度目で、その仕事は今日で完了することになる。

クイーンズに入っていくにつれ、トミー・テスターは人目につくようになった。フラッシングに住む黒人の数は、ハーレムに比べるとはるかに少ない。トミーは帽子を叩き、少しだけ深くかぶった。車掌が二度も車両に入ってくると、二度とも立ち止まってトミーと話をした。一度目は、おまえはミュージシャンなのかと訊《たず》ね、自分のものだとでも言いたげにギターケースをコツコツ叩いたし、二度目は、駅で降りそびれたのかと訊ねてきた。ほかの乗客たちは素知らぬふりをしていたが、トミーの答えを聞こうと耳をすませていることはわかった。トミーは「はい、ギターを弾きます」や、「いえ、あと二駅乗ります」と手短に答えた。目立たず、人目につかず、従順でいること。それが、白人ばかりの地域で黒人が生き残るには肝心なことだ。終点のメインストリート駅で、アイルランド系とドイツ系移民ばかりの乗客たちに混じってトミー・テスターは下車し、階段を降りて地上に出た。そこからかなり歩くことになる。

道中にある広々とした通りや庭つきのアパートメントに、トミーは目を見張った。その地区は開発が進み、オランダ領とイギリス領時代に農場だったころからすればかなり近代化したとはいえ、ハーレム育ちのトミーのような若者の目には、すべては田舎っぽく、戸惑うほど開けて見えた。両腕を大きく広げた自然は、彼にとっては白人たちと同じくらい不安の種だった。自然にも白人にも、彼はまったく慣れていなかった。街角で白人とすれ違うときには、目を伏せ、肩を落とした。ハーレムの男といえば胸を張ってライオンのように練り歩くものだが、ここでの彼はそれを隠した。じろじろ眺められはしたが、呼び止められることはなかった。すり足で歩くことでうまくごまかせていた。そして、新しく建てられたばかりの庭つきアパートメントが何街区も続いた先に、トミー・テスターは目指す場所をついに見つけた。

そこは低木に囲まれてひっそり佇《たたず》む小さな一軒家で、まわりは死体安置所になっていた。その個人宅は、死者たちの家の上で成長した腫瘍《しゅよう》のようなものだった。私道を歩いていくトミー・テスターが、正面に三段ある階段を上がろうとすると、ノックをする必要もなく、玄関の扉が少しだけ開いた。やつれた長身の女性が、半分影に隠れて戸口に立っている。マー・アット。その名前で呼ぶときしか言葉を返してくれない。最初のときも同じようにして、トミーは彼女に雇われた。この戸口で、半開きの扉越しに仕事をもらった。彼女が仕事を頼める相手を探しているという噂《うわさ》がハーレムに届き、トミーなら必要なものを手に入れられそうだった。この扉に呼び出され、なかに招き入れられることなく仕事を与えられた。今回も同じことになりそうだ。その理由は理解できた。理解とまではいかなくとも察しはついた。黒人を自由に出入りさせれば、近所から何と言われるかわかったものではない。

トミーはギターケースの留め金を外し、ケースを開けたまま持った。マー・アットが身を乗り出すと、その頭に日の光が当たった。ケースのなかにある本は、トミーの手のひらほどの大きさだった。表紙は表も裏もくすんだ黄色だった。どちらの側にも、言葉が三つ刻み込まれていた。**ジグ《Zig》、ザグ《Zag》、ジグ《Zig》**。それがどういう意味なのか、トミーは知らなかった。知りたいとも思っていなかった。その本を読んだわけではなく、手で触れたことすらなかった。小さな黄色い本を手に入れてほしいと雇われ、持ってきただけだ。それ以上はするべきではないと心得ていたため、この仕事をするにはうってつけだったとも言える。やり手の男は、あれこれ知りたがることはない。金がもらえればそれでいいのだ。

ケースのなかの本を見ていたマー・アットは、彼に視線を戻した。少しがっかりしたようだった。

「中身を見てみたいとは思わなかったのかい?」と彼女は訊ねた。

「見てもいいならもっと払って頂かないと」とトミーは言った。

彼女はにこりともしなかった。ふんと鼻を鳴らしただけだった。それからギターケースのなかに手を伸ばすと、本をさっと取り出した。日の光が一筋も本に当たらないほど素早い動きだったが、それでも、本がマー・アットの家の暗がりに引き込まれていくとき、かすかな煙の筋が立ち昇る。ほんのわずかに日光に触れただけで、その本に火がついたのだ。彼女はぴしゃりと表紙を叩いて火花を消した。

「どこで見つけた?」と彼女は訊ねた。

「ハーレムにその手の場所があって」とトミーは声をひそめて言った。「〈ヴィクトリア協会〉というところです。ハーレムで指折りのギャングたちも怖がって近づかないような場所ですよ。俺たちみたいな連中が、その本みたいなやつをそこで売買してるんです。もっとやばいのもね」

そこで彼は言葉を切った。焦げた本の匂いのように、謎が空中に漂っている。マー・アットは彼の釣り針に唇を引っかけられたかのように身を乗り出した。だが、トミーはそれ以上は何も言わなかった。

「ヴィクトリア協会か」彼女は小声で言った。「どれくらいあんたに払えば私をそこに入れてくれるかね?」

トミーは老いた女性の顔をじっと眺め回した。この女はどれくらい払ってくれそうか。金額を考えてはみたが、それでも首を横に振った。「そこで怪我でもされたら申し訳ないんで。すみませんが」

マー・アットはトミー・テスターを見つめ、ヴィクトリア協会がどれくらい恐ろしい場所なのかを見極めようとした。なんといっても、彼女が手に持っている小さな黄色い本のようなものをこっそり取引するたぐいの人間は、まずもって弱いはずがない。

マー・アットは手を伸ばし、外壁についている郵便箱を指一本で軽く叩いた。トミーがそれを開けると、報酬が入っていた。二百ドル。トミーは彼女の目の前で金をきっちり数えた。半年分の家賃と光熱費、食費などをまかなえる額だった。

「日が落ちる前にこの地区から出ていったほうがいい」とマー・アットは言った。彼のことを心配している口調ではなかった。

「昼飯どきにはハーレムに戻りますよ。昼だろうが夜だろうが、ハーレムに来るのはおすすめしませんね」。彼は帽子に軽く触れ、空になったギターケースをぱちりと閉じると、マー・アットの家の扉に背を向けた。

駅に戻る途中、トミー・テスターは友人のバックアイを探すことにした。バックアイはハーレムの宝くじの女王マダム・セント・クレアの部下だった。今夜はマー・アットの住所の数字で運試しをしてみるのもいいだろう。もし当たれば、もっといいギターケースを買うくらいの金が手に入る。自分専用のギターも手に入るかもしれない。

2

「見事なギターフィドルだな」

顔を上げなくても、トミー・テスターは新しいカモをつかまえたことを知った。その男の上等な靴や、美しい杖の先を見るだけでわかる。トミーは弦をかき鳴らし、買ったばかりのギターの手ざわりに慣れようとしているところで、歌うのではなくハミングしていた。口を開かないほうが、才能あるミュージシャンに近い音を出せたからだ。

先月にクイーンズまで出たことで、トミー・テスターはもっと外に出てみようという気になっていた。ハーレムの街角は歌手やギター弾きや金管楽器を持った男たちだらけだ。その誰と比べても、トミーのささやかな演奏は情けないものだった。ほかはみな三十曲、いや三百曲のレパートリーを誇っているのに対し、トミーの持ち歌は三曲だけだった。だが、マー・アットの家から帰るとき、ギターをつま弾く男をそこでひとりも見かけなかったことに彼は気がついた。通りにいる歌い手は、ハーレムやファイブ・ポインツやブルックリンの新しい地区ではありふれた光景かもしれないが、ニューヨークの大部分は、少しばかり成り上がった田舎のままだった。ハーレムのミュージシャンたちは誰も、列車に乗ってクイーンズやブルックリンの奥のほうまで足を運び、そのあたりにやってきたばかりでつつましい生活で有名な移民たちから金をもらえるか運試しをしてみようとはしない。だが、トミー・テスターは演奏するふりをするだけなのだから、試してみてもいいかもしれない。離れた地区にいる東欧やアイルランド出身の田舎者たちは、本格的なジャズのことなど何も知らないだろうから、トミーの物真似の演奏であっても人目を引けるかもしれない。

マー・アットの家から戻るとすぐ、彼はそうしたことを包み隠さず父親に話した。オーティス・テスターは今度も、手に職があるほうがいい、レンガ職人の仕事を紹介してやる、と言い出した。親心がゆえのことだったが、息子には伝わらなかった。父親を傷つけたくはなかったため、トミー・テスターは声を大にしては言わなかったが、建設現場で働いて父親が得たものといえば、こぶだらけになった両手と曲がった腰だけだった。一九二四年にはありふれたこととして、オーティス・テスターは白人の賃金ではなく黒人の賃金をもらっていた。その賃金でさえ、もう少し自分の懐にほしいと現場監督が思えばさらに目減りしてしまう。黒人はどうすればいいのか。誰に文句を言えるというのか。組合はあったが、黒人の加入は認められていなかった。白人より少ない賃金と不安定な支払い、それが建設業という仕事だ。ほかの労働者がやりにこないときにはモルタルを混ぜることになるくらい確実にそうなる。オーティス・テスターを雇い、仲間のように思っていると常日頃から言っていた会社は、彼がついに体を壊したとなると一日も待たずに代わりを雇った。誇りあるオーティスはひとり息子に義務感を植えつけようと努め、それはトミーの母親も同じだった。だが、結局トミー・テスターが学んだのは、この世界は黒人を金持ちにはしてくれないのだから自分なりに稼いだほうがいいということだった。トミーが家族の家賃を払って食べ物を買ってくるかぎり、父親は文句を言えない。マー・アットの住所の数字を宝くじで試してみると、夢見ていたとおりの当たり番号になり、彼は美しいギターとケースを買った。今では、トミーとオーティスのふたりで夕方から夜遅くまで一緒に演奏するようになっていた。トミーはそれなりにうまく一曲を演奏できるまでになった。

だが、クイーンズのフラッシングに戻ることはするまいと決めた。やり手としての勘が、マー・アットにまた出くわすのはごめんだ、と言ってきたからだ。なんといっても、彼女に渡した本は一ページ足りなかったのだから。そう、最後のページがなくなっていた。トミー・テスターがわざと手を回してのことだった。それによって、その本は力を失い、害を及ぼせなくなった。彼がそうしたのは、自分が運んでいるのが何なのかをはっきり知っていたからだ。〈至上のアルファベット〉。本を最後まで読まずとも、その力はわかった。マー・アットがただの読書のためにその本を欲しがっているはずがない。トミーは素手でその書物を触りはせず、一文字たりとも読みはしなかったが、それでも最後の一枚を安全に切り離す方法はある。そのページはトミーのアパートメントにあった。四角く折り畳まれ、いつも父親のそばに置いていく古いギターの内部にすべり込ませてあった。本を読んではならない、とトミーは警告されており、その決まりに従っていた。本の最後のページを破り取ったのは父親だった。彼は字が読めなかった。文盲であることが防波堤になっていた。こうすれば、秘儀に属するものをうまくかっぱらえる。決まりを破るのではなく、かいくぐるのだ。

その日、トミー・テスターはブルックリンのフラットブッシュにある改革派教会にやってきていた。家からはフラッシングと同じくらい離れており、怒った魔法使いの女はいない。マー・アットの家に行ったときと同じ服装にして、焦げ茶色の帽子はひっくり返して足元に置いてあった。トミーは鉄の柵がついた教会の墓地の前に陣取っていた。少し芝居がかった場所選びではあったが、しかるべき人物であればその光景に惹《ひ》きつけられてくるはずだ。少しずり切れてはいても気高い服装の黒人ジャズマンが、墓地の前でそっと歌っている。

トミー・テスターはジャズの歌を二曲、ブルースを一曲知っていた。ブルースのほうが陰鬱《いんうつ》に響くため、二時間にわたってその曲ばかり演奏していた。もう歌詞は歌わず、コード進行に合わせてハミングしているだけだった。すると、上等な靴と杖を持ったこの老人が現れた。しばらく耳を傾けてから、老人はついに口を開いた。

「見事なギターフィドルだな」

「ギターフィドル」という言葉を聞いて、自分のはったりがうまくいったことをトミーは知った。簡単なものだ。話せる相手だということを、老人はトミーに伝えようとしたのだ。トミーはもう少し弦をかき鳴らし、派手なことはせずに演奏を終えた。そしてついに顔を上げると、その老人は顔を赤らめ、にやりと笑っていた。ずんぐりとした小柄な男で、髪は大きくはねてタンポポの綿毛のようになっている。灰色の硬い無精ひげが伸びかけている。裕福そうには見えないが、そんな変装をする余裕があるのは金持ちだけだ。一文無しに見えてもいいと思うのは金持ちだけなのだから。ただし、靴はその男の富を物語っていた。それに、握りのところが動物の形になっている杖は、型によって純金で作られたようだった。

「私はロバート・サイダム」と老人は言った。そしてしばらく待っている様子は、その名前を聞いただけでトミー・テスターがお辞儀してくるだろうと思っているかのようだった。「我が家でパーティーを開く予定でね。来客のために演奏してもらえないかな。少し暗めの曲が雰囲気に合うだろう」

「歌ってほしいってことですか？」とトミーは訊《たず》ねた。「俺の歌に金を払うって？」

「三日後の夜に私の家に来たまえ」

ロバート・サイダムはマーテンス・ストリートを指した。その通りからひっこんだところ、乱雑に立ち並ぶ木立に隠れた屋敷に、老人は住んでいた。演奏の代金として五百ドル支払おう、と彼はトミー・テスターに約束した。オーティス・テスターが一年間に稼ぐことのできた額は、せいぜい九百ドルだ。サイダムは札束を取り出すと、トミーに百ドルを渡した。すべて十ドル札だった。

「前金だ」とサイダムは言った。

トミーはギターをケースのなかに寝かせると、紙幣を受け取り、裏返してみた。一九二三年の紙幣。表にはアンドリュー・ジャクソンの肖像。「オールド・ヒッコリー」ことジャクソンの顔はトミーをまっすぐ見つめはせず、トミー・テスターの右肩のすぐ後ろに何かを見つけたかのように目をそらしていた。

「家に来るときには、ある言葉を口にせねばならない。その合言葉によってのみ、入ることを許される」

トミーは金を数える手を止め、紙幣を二重に折りたたむと、上着の内ポケットにすべり込ませた。

「その言葉を忘れてしまったらどうなるか、保証はできない」とサイダムは言い、言葉を切ってトミーをじっと見定めた。

「アシュモダイ」とサイダムは言った。「それが合言葉だ。君にも言ってもらおうか」

「アシュモダイ」と、トミーはおうむ返しに言った。

ロバート・サイダムは杖で歩道を二度軽く叩くと立ち去った。トミーは彼が街区を三つ歩いていくまで見守り、それから帽子を拾い上げてかぶった。ギターケースを閉めたが、鉄道の駅に向かって一歩踏み出すまもなく、後ろから首根っこをぐいとつかまれた。

白人の男がふたり現れた。ひとりはひょろりとした体つき、もうひとりは長身で横幅もあった。ふたりが並ぶと、数字の10のようだった。トミーの首を片手でつかんでいるのは、丸い体型の男のほうだった。その男が警官だということ、あるいはかつては警官だったということを、トミーは知っていた。ハーレム界隈《かいわい》では、そうやって首をつかまれることは「ジョンの握手」

として知られている。痩《や》せぎすの男は二歩後ろにいた。

意表を突かれたトミーは、警官に呼び止められたときのいつもの卑屈な態度を忘れてしまった。その代わり、いつもの自分のように振舞ってしまった。つまりは父親譲りのハーレムの若者、ひどい扱いをされてもありがたがることはない誇り高い男のように。

「ちょっと力を入れすぎじゃないかな」とトミーは恰幅《かっぷく》のいい男に言った。

「おまえは家から遠出しすぎだな」と、恰幅のいい男は応えた。

「俺がどこに住んでるかも知らないくせに」トミーはカッとなって言い返した。

恰幅のいい男はトミーの上着に手を差し入れ、十ドル札の束を取り出した。「おまえが老人からこれを取るところを見てな」と言い始めた。「あの老人は捜査の対象になってる。ということで、これが証拠だ」

彼は自分のスラックスに紙幣をすべり込ませ、トミーの反応をうかがった。

「サツの稼業だな」とトミーは冷ややかに言って、その金がそもそも自分のものだったとは考えないようにした。

恰幅のいい男は、細身の男を指した。「警察はあいつだよ。俺は私立探偵だ」

トミーは私立探偵から警官に目を移した。ほっそりとした長身の男で、頰《ほお》はこけ、目は冷静に様子を探っている。「マロウンだ」と、ようやく口を開いた。「そしてこいつは……」

恰幅のいい男はその言葉を遮った。「俺の名前はこいつに言わなくてもいい。あんたの名前だって言わなくてもよかった」

マロウンは苛立《いらだ》っているようだった。荒っぽいやり方が性に合わないようだ。トミー・テスターはそのふたりを素早く観察した。私立探偵のほうはいかにも荒っぽい物腰だが、背の高いほう、マロウンは、警官にしては繊細すぎるように見える。その男が数歩後ろにいるのは、トミーではなく探偵から離れていたいからだろうか。

「サイダム氏とはどういう関係なんだ？」と私立探偵は訊ねた。トミーがかぶっていた帽子を取ると、そこにも金があると思っているかのように覗《のぞ》き込んだ。

「演奏を気に入ってくれた」とトミーは言った。それから、そのときには状況を思い出せるくらい落ち着いていたため、「というわけです」と素早く言い足した。

「おまえの歌は聞いた」と私立探偵は言った。「あれじゃまず受けないだろうな」

トミー・テスターとしてはその点に異議を唱えたかったが、粗暴で小狡《こずる》いごろつきの言うことにも一理ある。ロバート・サイダムはトミーの歌声に五百ドルを支払おうとしているわけではない。では、何が目当てなのか？

「これから、マロウン刑事と俺は、サイダム氏との散策を楽しんで、彼の安全を確かめる。そしておまえは家に帰る。そうだよな？　家はどこだ？」

「ハーレム」とトミーは言った。「です。ハーレムです」

「そりゃそうだろう」とマロウンはぼそっと言った。

「じゃあ、ハーレムに帰れ」と私立探偵は吐き捨てた。帽子をトミーの頭にかぶせると、嘲《あざけ》るような目でマロウンをちらりと見た。老人が歩いていった方向に私立探偵が体を向けたところで、ようやくマロウンはトミーに少し近づいた。そこまで近くなると、ひょろりとした警官の、どこか悲しげな目つきにトミーは気がついた。それは世界に失望した男の目だった。

少し待ってから、トミーは地面に置いたギターケースに手を伸ばした。むっつりした警官の前であっても唐突に動かないことだ。マロウンが私立探偵ほど荒っぽくないからといって、紳士的だとはかぎらない。

「どうしてその金をおまえに渡した？」とマロウンは訊ねた。「本当の理由はなんだ？」

彼は訊ねてはいるが、正直な答えが返ってくるとは思っていないようだった。その代わりに唇を少し曲げ、目を細め、何かの問いに対する答えを探っている様子だった。三日後の夜にサイダムの家で演奏する予定だと言ってしまおうか、とトミーは心配になった。通りでサイダムと話をするのが気に食わないのなら、老人の家を訪ねることになっているのだと知ればどう出るだろう？　トミーは私立探偵に百ドルを奪われたが、あと四百ドルやるという約束をふいにするわけにはいかない。彼は白人相手にいつもうまくいく役を演じることにした。「無知な黒人」だ。

「さっぱりわかんないです」とトミーは言い出した。「俺、ただののろまなギター弾きなんで」

初めて、マロウンの顔に笑みが浮かびそうになった。「おまえはのろまじゃない」と言った。

トミーが見ていると、マロウンは私立探偵に追いつこうと離れていった。そして肩越しに振り返った。「あと、クイーンズには近寄らないほうがいい」とマロウンは言った。「あの婆さんはおまえの本の扱いかたが気に入っていないからな！」

マロウンは去っていった。トミー・テスターはすっかり丸裸にされたような気分でその場に立ち尽くしていた。それまで味わったことのない、じろじろと見つめられたような気分だった。

「あんた警官なんだろ」とトミーはまた声をかけた。「俺を守れないんですか？」

マロウンはもう一度振り返った。「銃とバッジがあればみんながビビるかといえば、そうでもなくてな」

3

トミーの親友であるバックアイは、一九二〇年、十六歳のときにハーレムにやってきた。カリブ海に浮かぶ小島モントセラトを十四歳で離れ、パナマ運河で働き、パナマからアメリカ合衆国に渡り、ハーレムにたどり着いたのだ。着いたときには、運河でしていたように建設現場で働くつもりでいたが、じきに、オーティス・テスターが長らく知っていた現実に気がついた。黒人はまったく守ってもらえない。バックアイは十七歳のときに片足首を骨折し、日雇いの仕事から二か月遠ざかった。復帰できるようになったときには、仕事はもう取られていたうえに、足首は完治しなかった。長時間立っていることができず、重いものを持つと足首が悲鳴を上げてしまう。そのうちに、マダム・セント・クレアと、彼女の名高い宝くじのもとにバックアイはたどり着いた。そこで雇ってもらえたのは、カリブ海出身の男たちを彼女が必要としていたからだ。最近になって西インド諸島からの移民たちをよく知り、彼らからも信頼される男たちを。マダム・セント・クレアは変化しつつある時代に登場し、そのおかげで彼女の商売は繁盛した。定期的に地元の警察に見返りを渡していたこともそれを後押しした。そんな状況で、バックアイはトミー・テスターと出会った。バックアイが切り盛りしていたクラブで、トミーが演奏していたのだ。ある晩、バックアイはバーにいたトミーの隣に座り、そこまで下手な歌をどこで覚えてきたんだと訊《たず》ねた。誰かに教わったのか？　それとも天賦の才能か？　ふたりはすぐに仲良くなった。

トミー・テスターは今、アパートメントから父親を連れ出して通りを歩いていた。ロバート・サイダムに出会い、そしてマロウンと私立探偵に出くわしてから家に帰ったトミーとしては、その夜は外出したい気分だった。外に出てみようかという気にオーティスがなるまで、少し時間がかかった。オーティスはアパートメントから決して出ず、自分の寝室から出ることもほとんどなかった。独りで死のうと暗がりにこもる犬のようになっていたが、トミーはそうさせるつもりはなかった。あるいは、父親がまだ必要だという気持ちが強かったために、簡単には諦められなかったのかもしれない。

バックアイからは、一三七丁目にあるヴィクトリア協会にいつ来てもいいと言われていた。街区を七つ歩いていくだけだったが、父親の体調がすぐれないため、三十分かかってようやく着いた。

ヴィクトリア協会は、建物の二階にささやかな部屋が三つあるだけだった。カリブ海の社交クラブだった。通りを歩いていくトミーとオーティスは、黒人の街ハーレムにいた。ヴィクトリア協会に入ると、そこはイギリス領西インド諸島だった。長い廊下の壁には、カリブ海諸国のあらゆる旗が貼ってある。突き当たりには、ひと回り大きな英国国旗。ウサギの巣のような部屋に入る扉のところで、トミー・テスターはバックアイの名前を三度も言わねばならなかった。扉の前にいた案内係は動こうとせず、ついにトミーはバックアイの本名ジョージ・ハーレイを口にした。すると、魔法のようにうまくいった。

トミーとオーティスは、少し離れて案内係についていった。部屋のひとつは、トランプやサイコロでゲームをする男たちのための場所だった。ふたつめの部屋では、ラウンジチェアに座った男たちがタバコの煙をくゆらせ、控えめな音量で演奏される音楽に耳を傾けていた。三つめの部屋にはカードテーブルにテーブルクロスと椅子《いす》が用意され、食事ができるようになっていた。トミーと親しくなってから、バックアイはもう何年も彼をヴィクトリア協会に誘っていたが、トミーが来たのはそのときが初めてだった。顔を平手打ちされたようなひりひりした感覚があった。これが、マー・アット相手に自分が語ってみせた店なのか？　犯罪と堕落の巣窟《そうくつ》と自分が語ったところか？　ハーレム屈指の凶悪な犯罪者ですら怖れて近づかないところ、それがここなのか？

　そこがどういう店なのか、自分では知っているつもりだった。バックアイはニューヨークで最も名の知られた女ギャングのもとで宝くじを売っているのだから、ヴィクトリア協会が伝説のアヘン窟も同然だというのは当たり前ではないのか。それとも、トミーに西インド諸島からの移民について偏見があり、そのせいで恐怖を煽《あお》られていただけなのだろうか。ハーレムにいるアメリカ人の黒人たちは、そうした新入りの移民たちについて好き勝手な噂話《うわさばなし》をしていた。それが今、ヴィクトリア協会に来てみれば、イギリスのティールームのような場所だった。彼はかすかに失望を覚えた。父親を連れてきたのは、語り草になるような夜を味わわせてやろうと思ってのことだった。裸同然の女たちが、客の膝元《ひざもと》に座りそうなほど近くで踊るのだと聞いていた。なかに入ってみて、店の実際の様子を目にしてみれば、ずっと見知ってきた世界の内側か、すぐ隣にある別の世界を知るようなものだった。しかも、無知がゆえにずっとそれに気がつかずにいたのだ。そのせいで、彼は神経を圧迫されたような痛みを覚えた。

　息子と一緒に席に着くと、オーティスは深く息をついた。かなりの時間をかけ、椅子に座ったまま姿勢を変えて腰の痛みを最小限に抑えようとした。よぼよぼの老人のような動きだった。

オーティス・テスターは四十一歳だった。

細身の女性がひとり、自宅の台所で作って店に持ってきた夕食を勧めてきた。トリニダード出身の女性だった。すでに大皿に盛り付けをすませ、それをワゴンに載せて食事室を動き回っていた。サヒーナ〔ホウレンソウのみじん切りを小麦粉やスパイスと混ぜて揚げた料理〕、パイナップルチャウ〔カットしたパイナップルをトウガラシなどと和えた料理〕、そしてマカロニパイ。牛のひづめのスープが入ったボウルがひとつ。細長いコップに入ったパッションフルーツジュース。ふたり分を飲み食いしても、一ドルしかかからない。トミーは金を払った。

「このわけのわからん飯はなんだ」と言うオーティスは、目の前にある皿に襲われるとでも思っているような目つきになっていた。「ボーの店に行けばよかったじゃないか」

トミーはトリニダードの女性を見つめていた。自分の母親を思い出したからだ。痩《や》せた体つき、少しがに股《また》の歩き方。アイリーン・テスターが世を去ってから四年が経っていた。両親の出身地について延々と話し続ける彼女は、親しかった人々から「ミシガン」と呼ばれていた。バスに乗っているときに倒れ、見知らぬ人たちに囲まれて三十七歳で死んだ。オーティスにとっての建設業のように、主婦としての生活で体に無理がきてしまったのだ。そのトリニダード人女性がアイリーンと似ていると父親も思っているだろうか、とトミーは目をやったが、父親は不思議そうに皿を見つめているだけだった。

「別にいいじゃないか」とトミーは言った。「ここの食事もきっとおいしいよ」

オーティスは見覚えのあるものを探してテーブルを眺め回した。フォークを取り、マカロニパイをつついた。「これはただのチーズとパスタだな?」

トミー・テスターはフォークとナイフをパイに突き立てて自分の皿に運んだ。それを口に入れて噛《か》んだ。飲み込んで頷《うなず》いてみせたが、オーティスは息子は信用ならないと言いたげにそれをつついてみせた。食べずにフォークを置いた。

「それで、その白人の男はいくら払ってくれると?」

「四百ドル」

「その男のパーティーで演奏するだけで?」とオーティスは訊ねた。パッションフルーツジュースのコップをつかんで鼻に近づけ、また元に戻した。「パーティーで演奏するだけで、そんな大金を? おまえに?」

トミーはパイナップルチャウをひと口もぐもぐと噛んだ。甘い味だったが、すぐにライムの果汁とトウガラシの風味がしてきた。彼はひりひりする喉《のど》の感覚を抑えようと、ジュースをごくごく飲んだ。

「そう言ってた」

オーティスは両腕を挙げ、左手と右手を思い切り離した。

「いいか、白人が黒人に言うことと、そいつの本心とは、これくらい離れてるんだぞ」

もちろん、トミーもそれは心得ていた。彼もアメリカで二十年生きてきたのだから。演奏とはまったり商売であり、彼を雇う人々には別の狙いがあるということだった。

例のすり切れた服を着て、ブルースマンやジャズマンを、さらには従順な黒人を演じているとき、その役がある種の力を自分に与えてくれることを彼は知っていた。人々が期待するものを与えてやれば、必要なものをふんだくることができる。うまい汁を吸われたことに連中が気がつくのは、干からびてからだ。マー・アットだって、要は価値などない品を運ぶために彼を雇ったのだから。金をもらうためにギャングまがいの真似をせねばならないというのなら、まあ仕方がない。彼は銀行口座を潤すために必要な役を演じていた。だが、そのすべてがオーティスの耳には犯罪として聞こえてしまうだろう。あるいは、屈辱として。誇りというものについて、オーティスは格別のこだわりを持っていた。品格を保てるとしても、金払いが悪ければ、トミーはその仕事をやりたいという気にはならなかった。

「父さん、ちゃんと気をつけるからさ」

オーティス・テスターは無言で息子を見つめた。まわりのテーブルが埋まっていくにつれて食事室は賑やかになっていたが、彼らのテーブルは、ある種の静寂、しゃぼん玉のようになった控えめな空気に包まれていた。オーティスの息子は二十歳になるのに、真夜中にフラットブッシュに行って白人の男の家に入るつもりだと軽い口調で語ったのだ。これから熊と格闘してくる、と父親に言ったも同然だった。

「オクラホマシティから出てきたとき」と、オーティス・テスターは言った。「俺は列車に乗った。無銭乗車《ホーボー》ではるばる東を目指した」

トミー・テスターがその話を聞くのはそれが初めてではなかったが、もう五百回目というわけでもなかった。トミーは食べることで失望の気持ちを見せまいとした。父親には一番大事なことを伝えたはずだ。四百ドルの仕事なのだ、と。

「アーカンソーを横断するのはやめた」オーティスは話を続けた。「黒人だろうが白人だろうがインディアンだろうが、アーカンソーは無銭乗車に相当厳しかったからな。あいつらは囚人たちを使っていた。俺はイースト・セントルイスを通って、エヴァンズヴィルまで行った。いっぺんディケーターで降りることになった。まっすぐここに来たわけじゃない。まだ若かったから、最終目的地だけじゃなくて、もっといろいろ見ておきたかった」

話をしたことでようやく食欲に火がついたのか、オーティス・テスターはマカロニパイを食べた。少し口に入れて、そっと嚙んでいたが、そのひと口を飲み込むと、さらにふた口食べた。「今言ったように、ディケーターで列車を降ろされてな。そのとき、頭を使わなきゃいけなくなった」。今度は、彼は飲み物に手を伸ばした。パッションフルーツのジュースは明らかに好みだったようだ。ゆっくり啜《すす》ると、テーブルに置いた。「こいつを使わなきゃいけなかった」

オーティス・テスターは食事室にいることも気にせず、シャツの上ふたつのボタンを外した。トミーは人前で父親に恥をかかされるとわかっている五歳児のように体をこわばらせた。だが、父親をたしなめるか、手を伸ばしてむき出しの肌を隠すかする前に、オーティスは首のまわりから何かを取り出した。目の粗いひもから何かがぶら下がっている。それを取ると、皮膚がざらついた片手で握りしめ、もう片手でシャツのボタンを留め直した。トミーは身を乗り出し、父親が何を持っているのか見ようとした。オーティス・テスターはその手を差し出し、手のひらを開いた。

その手には、折り畳み式の剃刀《かみそり》があった。

「列車に乗っているときはずっとこれを持っていた」とオーティスは言った。「白人だろうと黒人だろうとインディアンだろうと、俺相手に妙な真似はさせないつもりだった」

彼は剃刀の片方の端でテーブルを叩き、大きな音を立てた。

「ディケーターで、何人かにそれをわからせてやったさ」とオーティスは言った。

トミーは剃刀から父親に目を戻した。それまでずっと、自分の父親と母親は、しっかりと、おっとりと、トミーの世界の屋根を支えてくれる柱のような存在だと思っていた。頼りがいがあって応援してくれるが、さして個性はない両親なのだと。それが突然、十代の少年だったオーティスがその剃刀で自分の身を守ろうとしている姿が目に浮かぶ……。急に存在に気がついたその過去は、別の世界、新しい次元だった。またも、そうして明らかにされる事実に対して、神経を圧迫されたような痛みが走る。

トミー・テスターは、父親の手からその剃刀を取った。そのとき、父親の太い指が震えているのがわかった。

「おまえも一人前の男だ。自分の道を進んでいくのを止められはしない」とオーティスは言った。「止めようとも思わん。だが、その白人の家にのこのこ丸腰で入っていくのはやめろ。何かまずいことになれば出て、俺のところに戻ってこい」

トミー・テスターは頷いたが、何も言わなかった。そのときはただ、口を開くことができなかった。

「そのためなら血を見たってかまわん。とにかく仕事を終えたらその家から出て、俺のところに戻るんだ」

厳しく、きっぱりと、命令口調で言おうとしていたが、父親がそれほど怯《おび》えた顔になっているのは初めてだということにトミーは気がついた。

「わかったか?」オーティスは言った。

「はい」しばらくして、トミーは答えた。

ふたりは無言で食事を続け、食べ終えると、ヴィクトリア協会をあとにした。階段を降りていき、ハーレムに戻る。三日後の夜には、トミーはロバート・サイダムの屋敷を訪れることになる。その移動は別の宇宙への旅になるのだ。父親が恐怖を感じるのも無理はない。息子がそこまで遠くに行こうとしているのだから。

「どうして今日の晩は剃刀を持ってこようと?」とトミーは言った。「そんなものを持ってるなんて知らなかった」

「あのヴィクトリア協会に連れていく、と言われたからな」。オーティスは笑い出しそうになっていた。「あのカリブ人どもが手に負えなくなったときに備えて、剃刀を研いでおく必要があるかと思った。ところが、あの店で危ない黒人は俺たちのほうだったな!」

トミーは歩く手助けをしようと、父親の体を片腕で抱いた。もう片方の手はスラックスに入れ、その剃刀を、武器を握りしめていた。

「そのパーティーで演奏するつもりなら」と、ふたりでゆっくり北に向かいながらオーティス・テスターは言った。「覚えてほしい歌がもう一曲ある。昔の曲だが、何か力がある。何を言いたいかわかるか？　剃刀を武器にしてもらいたいのがひとつ。その曲がもうひとつだ。おまえの母さんから教わった。霊を呼び出す曲だ。これから三日間、おまえがしっかり覚えるまで練習しよう」

「わかったよ、父さん」とトミー・テスターは言った。

金曜日の夜遅く、ハーレムの通りは通勤のときよりも混み合っていた。トミー・テスターは父親や歩道にいる人々、車に乗ったりバスに乗ったりポーチの段に座っている人々がすぐ近くにいることを愛しく思った。車の音と人々の声が混じり合って素晴らしい喧騒《けんそう》になり、その音はトミーとオーティスを抱き上げるように思え、その歌にふたりは家までずっと付き添われ、運ばれていった。

4

三日が過ぎ、夜になった。トミー・テスターは安全なハーレムを離れた。ロバート・サイダムと出会ったときと同じ経路での移動にしたが、日が沈んだ今回のほうが危険に思えた。早朝の列車で人目についていれば、今ごろは片手にギターケースではなく星を持っていたとしてもおかしくない。夜の車両にいる乗客たちは彼を見て、けげんな目つきになった。四回も、どこへ行くつもりかと白人が訊《たず》ねてきた。そこへ行く手助けをしようという申し出ではなかった。マーテンス・ストリートにあるロバート・サイダムの屋敷という具体的な行き先がなかったなら、きっと列車から放り出されただろう。列車の下敷きにされたかもしれない。

駅に着いてみると、大声で話す三人の若者が後ろからついてきた。トミーは不安になった。彼らの大きな話し声を聞かないように努めた。自分を怯《おび》えさせようとしているのだと知っていたからだ。怒鳴り返したり、喧嘩腰で振り向こうものなら、その夜はそこで終わる。稼ぐはずの金は消え去り、目指す先は刑務所になる。フラットブッシュに入ると、通りは閑散として住宅街らしくなり、三人組は足取りを早めた。トミーは父親の剃刀《かみそり》を魔除けのように首からかけていたが、相手が三人となると、それもさして役には立たない。

サイダムの家を取り囲む木立が見えてくるころには、三人組はトミーのかかとで感じられるくらい近くに来ていた。ひとりは片方のつま先で何度もギターケースを蹴《け》ってくるほど近くまで迫っていた。ようやく、トミーにはその屋敷が見えた。おぼろげな明かりがついた二階建ての邸宅が、木々の内側から光を放っている。もし独りだったなら、その光景に恐れをなしただろうが、付きまとわれていたトミーはその屋敷に向かって走った。ロバート・サイダムの地所に足を踏み入れた。扉までたどり着ければ、白人の若者たちが殴りかかってくる前に家に入れてもらえるかもしれない。息が切れてきて初めて、自分が走っていることに気がついた。

振り返ってみると、三人の若者たちはもうついてきてはいなかった。地所の柵が作る線で足を止めていた。さらに奇妙なことに、もうトミーを見てもいない。その代わり、サイダムの屋敷を見つめていた。屋敷を前にして、縮こまっている。そのときようやく、三人が自分より年下だということにトミーは気がついた。十五歳か十六歳くらいだろうか。まだ子供だ。サイダムの家を見て、怖がっている。

目からかかとまで、安堵《あんど》の気持ちが駆け抜けていく。トミーはしゃがみ込み、石はないかと探した。野球のボールくらいの大きさの石を見つけ、手にのせて重さを確かめた。ギターを地面に置いた。三人のなかでも一番体の大きな若者にその石をぶつけてやりたかった。それでも、三人はまだ目を合わせてこない。まるで屋敷に催眠術をかけられたかのようだった。狙うなら今しかない。その石で彼らの目のどれかが潰れますように、と彼は念じた。

するると、屋敷の扉が開いた。トミーの後ろで少し軋《きし》む音がしただけだったが、三人の少年は文字どおり飛び上がった。彼らは子猫のように体をくねらせ、ミャーミャー叫びながら逃げ出した。トミーの後ろで、誰かが呻《うめ》くような音を立てつつ正面扉から出てくると、屋敷の四方を囲むポーチの床板を踏みしめた。

「あの誰かを失明させたら、警察沙汰《ざた》になるぞ」

厳しい口調ではなく、面白がるような声音だった。それを耳にしてトミー・テスターが振り向くと、ロバート・サイダムがポーチの階段を降りながら片手を差し出していた。トミーが石を渡すと、ロバート・サイダムも先ほどの彼のように手で重みを確かめた。石を地面に投げ捨てることはせず、上着のポケットにすべり込ませた。そして、何かを期待している目でトミーをじっと見た。しばらく、そのまま時が過ぎた。サイダムは待っている。ゆうに一分かかってようやく、口にするように指示されていた合言葉をトミーは思い出した。

「アシュモダイ」と、ようやくトミーは静かに言った。

ロバート・サイダムは頷《うなず》き、踵《きびす》を返すと、ポーチの階段を上がっていった。家に入るときには正面扉を開けたままにして、トミーがついてこられるようにしていた。

5

マントのように屋敷を包む木々は、家の古さや脆《もろ》さをうまく隠していたが、なかに入ってみると、すべてがはっきりと見えた。床板は古く、ろくに手入れもされていなかった。あちこちが削げ、色あせているようだ。家の奥に通じる廊下も、一階にある三つの部屋も、ひとつだけの電気ランプで照らされていた。そのせいで、各部屋の隅のほうは影になり、それぞれの空間がどれくらいの広さなのかはトミーにはよくわからなかった。屋敷の内側は、外側よりも大きいように思えた。古びた匂いが時の区別を消し去り、家じゅうに染みついてかび臭くなり、現在という風がそこを吹き抜けることは決してないかと思えた。

ロバート・サイダムが先導して一階の長い廊下を歩いていき、トミーはギターケースの持ち手をしっかりと握りしめていた——まるで、それを導きの糸として、正面扉から出て階段を降りて庭を抜け、フラットブッシュから出て列車に戻り、ハーレムへ、父親のそばに戻っていけるのだとでもいうように。小走りに近い足取りの老人と一緒に歩いていくと、ギターケースが軽く揺れているのがわかった。先ほど後ろからついてきた白人の少年たちに足で小突かれていたときのように。そのせいで、別の誰か、いや別の何かにあとをつけられているのではないかという気がしてならなかった。二度、ケースが手から弾き飛ばされそうになったが、トミーは振り返って長い廊下の暗闇を見る勇気を出せなかった。とにかく足早についていった。

サイダムは両開きの扉を開くと、煌々《こうこう》と照らされた部屋に入り、トミーは目を細めてあとに続いた。その部屋に入るとすぐ、サイダムは扉を順番に押して閉めていった。ふたつ目の扉を閉める直前に、サイダムは廊下を覗《のぞ》き込んだ。何かがすぐ後ろをついてきていたのだ、とトミーは確信した。そのとき、確かにサイダムは何かを言い——何か呟《つぶや》いただけか、それとも命令したのか——そして扉を閉めて鍵をかけた。

そのときになってようやく、トミーは前に向き直り、天井の高い部屋を見回すことができた。トミーとオーティスのふたりが暮らしているアパートメントと同じくらいの広さだろう。もっと広いかもしれない。造りつけの本棚になった壁が三方に高くそびえ、本がぎっしりと並んでいた。本棚だけでなく床にも本が広がり、あちこちで大著の本がトミーの肩近くまで積み上げられていた。

「一冊残らず読んだ」とサイダムは言った。「それでも、学ばねばならないことはまだ多い」

トミーはギターケースを体の横でライフルのように持っていた。「ちょっと休憩してもいいくらいじゃないでしょうか」

サイダムはかすかにかぶりを振った。「休憩する時間が残っていればな」

扉の反対側には高い窓があり、サイダムはそこに歩いていった。窓の下枠のそばに、一脚の大きく立派な椅子《いす》があった。サイダムはそこに腰を下ろした。両足が床につかずにぶら下がる格好になった。異様な光景だった。彼はそれほど小柄ではない。その椅子が大きすぎるようにも見えない。だが老人の靴は床から七、八センチほど上のところで揺れていた。トミーはまごつきながら、そのちぐはぐな姿を見つめていた。すると、不思議そうな視線にサイダムが気がついたかのように、足が両方とも床についた。だが、彼が体を動かしたわけではない。それはまるで、何らかの力を使い、老人が意志によって自分の脚を長く伸ばしたかのようだった。あまりに奇妙なものを目にしたせいで、トミーは吐き気を覚えた。目をそらし、もう一度見てみると、間違いなくサイダムは両足を床にぴたりとつけている。彼は片手を振り、トミーの目を手に向けさせた。

「弾いてもらえるかな?」と彼は言った。少し強めの声音は、トミーが間違いなく今しかた見た、変形する体という奇妙な光景から、彼の気持ちをそらせようとしているようだった。トミーは書斎を見渡した。ほかにいる客といっても、大量の本だけのようだ。

「パーティーは明日の夜だ」とサイダムは言った。「だが、先に今夜会っておきたくてね。あれだけの金を払うのに一晩しか演奏しないとは思っていなかっただろう？」

「そうですね」とトミーは言った。「ご希望に合わせます」。彼はケースを開けてギターを取り出した。

実を言えば、彼は一晩だけの演奏で金がもらえるものと思っていた。三日前には確かにそう言われていたからだ。だが、金持ちの現実とは思いのままに作り変えられてしまうものだ。サイダムが上着のポケットに手を入れ、分厚い札束を取り出すと、トミー・テスターの意地はすべて押し流された。サイダムはそれを窓の下枠に置き、にやりとトミーに笑いかけた。トミーは期待されたとおりにギターをかき鳴らして演奏した。老人は窓の外をじっと見つめていた。

ありがたいことに、彼はトミーの演奏を聴くよりも話をしたがった。なんといっても、父親に教わったばかりの曲を入れても、トミーのレパートリーは四曲だけだった。三十分近く演奏すると、トミーは指も肩も腰回りもかなり痛くなってきた。演奏の速度を落として弦を軽く弾き始め、そのうち、洞窟《どうくつ》のような古い書斎でハミングするだけになった。ついに、大きな窓から一度も目を動かしていなかったサイダムは咳払いをすると、口を開いた。

「あの恐るべき伝説はまだ死んではいない、と私は信じている」と彼は言った。

サイダムはトミーに話しかけているのではなく、うろ覚えの何かを暗唱しているだけだった。だが、今回の不思議な仕事に少し頭がぼんやりしていたトミーは、それでも反応した。

「何て言いました?」と彼は言い、すぐに後悔した。

ロバート・サイダムは苛立《いらだ》った様子で窓から目を離し、家に侵入してきた強盗を捕まえたかのようにトミーを見据えた。いつもなら、白人からそうした目を向けられれば、トミーには手頃な防御策がいくつかあった。惨めな感じで足元に視線を落とせばうまくいくことが多い。笑顔が効くこともある。トミーは笑顔を試してみた。

「さて、君は何をにやついているのかね?」とサイダムは問いただした。

慌てて考えついた三つ目の手は、父親の剃刀《かみそり》を取り出し、老人の喉《のど》をかっ切って金を奪い、逃げ出すことだった。だが、もう十一時をゆうに過ぎているとなると、鉄道の駅までたどり着けるとは到底思えない。この白人ばかりの地区を、真夜中近くになって黒人ひとりで歩いていくのか? エデンの園をサタンが練り歩くようなものだ。そして、あの札束を持っているところを見つかったとなれば、警察を呼んでもらえるならまだましだ。そうなれば殴られ、刑務所に入れられるだけですむだろう。暴徒に捕まってしまえば、もっとひどいことになる。つまり、剃刀を使うのはなしだ。つまり、朝までここに閉じ込められることになる。

「私は質問したぞ」とサイダムは言った。「そして、話をするときには返事があるものと思っているが」

もうごまかす手はなかった。トミーは顔を上げてサイダムと目を合わせた。正直になってみてもいいかもしれない。

「頭が混乱してまして」と彼は言った。

「当然だろう」とサイダムは言った。「生まれたときから、君の頭には無知のヴェールがかかっている。それを外してやろうか？」

トミーは唇を固く結び、一番いい返事を考えた。ここまでのところ、正直に答えてうまくいっている。少なくとも、老人から睨《にら》まれてはいない。

「望むようにしてください」とトミーは言った。

ロバート・サイダムは拍手した。「どうして君を雇ったかわかるか？　なぜ、三日前に君に目をつけたか。君のことが見えたからだ。この見せかけではなく」。サイダムは手を伸ばし、トミーがわざとすり減らしたブーツ、着古したスーツ、そしてギターを指した。「君は幻視を理解していることがわかった。そして、君なりに強力な魔法をかけていることも。それはすごいことだ。君との絆《きずな》を感じた、というところかな。なぜなら、私も幻視を理解しているからね」

サイダムは椅子から立ち上がり、並んだ高い窓に向かい合った。老人は窓枠のひとつを軽く叩いた。書斎のなかを照らす明かりのせいで、窓の外の夜がどんな具合なのかは見えなかった。窓はある種の銀幕となり、トミーとサイダム、そして広々とした書斎を映し出していた。サイダムは手を振ってトミーを呼び寄せた。近づいていきながら、トミーは自分の後ろで何かが動くのが見えたような気がした。窓に映る書斎の両開きの扉が二度歪《ゆが》んだ。まるで、廊下に誰かがおり、扉を開けようと押しているかのように。さっと振り返ってみたが、もう扉は動いてはいなかった。サイダムのほうに向き直ろうという気持ちにはまだなれなかった。

「君らの民は」と、ロバート・サイダムは言い始めた。「君らの民は、雑多でむさ苦しい迷路のなかで生きることを強いられている。喧騒《けんそう》と物心両面の腐敗のなかで」

トミー・テスターの目を扉から引き離せるものがあるとすれば、まさにその言葉だった。向き直った彼は、ロバート・サイダムがあざ笑っているものと思ったが、老人は腹に片手を当てて優しくさすっていた。顔を上げて右を向き、演説の言葉を思い出そうとしているかのような姿勢だった。

「警察官たちは秩序や感化をもたらすことをあきらめ、外の世界を悪しき影響から護る防壁を設けようとしている」と彼は続けた。

トミーはギターのネックをしっかりつかんだ。「ハーレムのことですか？」

魔法が解けた。「何だと？」とサイダムは言った。「まったく、君は！　どうして割り込んできた？」

「あなたが一体何の話をしているのか理解したいんですよ。自分が今まで暮らしてきたところの話だとは思えないので」

今回は、率直さに対する拍手はなかった。

「口の利き方に気をつけたまえ」とサイダムは言った。片手で札束を覆った。「君はまだ支払いを受け取ってはいない」

このクソ野郎、とトミー・テスターは思い、老人に一歩近づいた。

権威をにじませるロバート・サイダムでさえ、部屋に生じた変化に気がついたようだった。

一瞬、彼は自分のいる惑星に隕石《いんせき》が衝突しようとしていると気がついたような雰囲気になった。

何も持っていない片手を上げ、場を取りなそうとした。

「明日の夜、私のパーティーで演奏してもらう」とサイダムは言った。「客は君のような男たちだ。ハーレムの黒人たち、レッド・フックのシリア人やスペイン人、ファイヴ・ポイン、ツにいる中国人やイタリア人たちが、揃《そろ》って私に招待されてここにやってくる。揃って、私が今君に話している言葉を聞くことになる」

トミーの怒りは好奇心によって和らいだ。黒人やらシリア人やらが、白人の家に押しかけてくるとは。これまでに出くわした仕事のなかで、サイダムが一番奇妙かもしれない。

「じゃあ、俺が先に聞かせてもらってるのはなぜなんです?」とトミーは言った。

「言葉を練習する必要があったからね」とサイダムは言った。「しかるべき男に、それがどう作用するのかを確かめたかった。それに、君が便利だったのも確かだ」とサイダムは言った。

「あの警察どもから少し離れておきたかったからな。連中がしばらく君の相手をしていたから、私はそのあいだにうまく姿をくらますことができた。それには礼を言うよ」

「尾行されていると知っていたんですか?」

「私が正気なのかどうか、家族が疑っている――彼らからはそう聞いている。要するに私の遺言に対して疑念があり、具体的にはこの家と財産を誰に遺すつもりなのか疑っているわけだ。

家族の誰が、家つきの土地を相続することになるのかを。だが、そう疑っているという自覚はない。誰も自分は悪人だとは思っていないだろう？　怪物たちでさえ、自分のことは棚に上げるものだ。

「家族は私の身が危ないと思い込んでいる。警察にもそう言いくるめている。私立探偵も雇った。あの荒っぽい男だ。ハワード氏という名前だ。ハワード氏とマロウン刑事は、私が精神的に衰えているという証拠を集めている。もちろん、私自身のためだと言ってな！」

トミーは笑い声を上げた。「通りで黒人に話しかけても、頭がまともには見えませんよ」

サイダムは札束から手を離すと、窓のほうを向いた。下の出っ張りに両手をついて寄りかかった。「自分が上流家庭の生まれだということはわかっている。つまり、一族代々の富と、受け継いだ地位のおかげで、生活に必要なものはすべて手に入る。だが、生活に必要なものが揃っていると檻《おり》のなかにいるように感じられることもある。間違いなく心は貧しくなってしまう。家族や資産持ちの古い友人たちと過ごしていると、私は粥《かゆ》のなかに浸かっているか、離乳食のなかで溺《おぼ》れているような気分になってきてしまった。

「そこで、自分とはまったく違う人たちを求めたし、秘密の知恵を彼らが口にすれば耳を傾けた。自分のような立場の男たちが、迷信だとか、さらには悪そのものとみなして相手にしないようなことを、私は大事にするようになった。本を読めば読むほど、話を聞けば聞くほど、より深く確信するようになった——私の人生や、我々すべての人生を通じて、偉大で密かな見世物がずっと続けられているが、我々の大多数はあまりに無知か、あまりに怯《おび》えており、目を上げてそれを直視することができない。それを見れば、その劇が我々のために演じられているわけではないということがわかってしまうからだ。演じる者たちにとっては我々などどうでもいい存在なのだと知ってしまう」

そして彼が窓に触れ、軽く叩くと、一瞬、窓に映る光景がゆらめいたように見えた。まるで、ふたりが覗き込んでいるのは窓ガラスではなく水たまりであるかのように。

「海原の底で眠っている〈王〉がいる」

サイダムがそう言うと、あろうことか、窓ガラスは海の色と深みを帯びた。あたかも、この部屋、この屋敷、この街に立っているトミー・テスターとロバート・サイダムが、それと同時に地球上の別の場所にある遠い海を見下ろしているかのように。その光景が現れると、トミーの手からギターが落ちた。そのときの鈍い音、一度だけ鳴った調子外れな音も、ほとんど耳には入らなかった。部屋だけでなくトミーの骨にまで寒気が一気に入り込んできたように思えた。

サイダムは言った。「〈眠れる王〉の帰還が、君たちの民の惨めな日々を終わらせることになる。むさ苦しく難破した十億もの命を終わらせるのだ。立ち上がった王は、人類の愚かさを一掃する。そして、王はほかにも多数いる。〈偉大なる古き神々〉だ。その足音は人々をぐらつかせる。彼らが目で一瞥《いちべつ》するだけで、一千万人が打たれて死ぬ。だが、我々のうち生き延びることを許された者たちはどうなるか、それを想像できるか？〈眠れる王〉が目覚める助けをした我々はどのような報酬を受け取るのかを？」

サイダムがもう一度窓を軽く叩くと、海原は——トミーが窓に見ていたものは本物の漠たる遠洋だった——激しくかき回され、うねり、その深みから、現実のものとは思えないほど巨大な何かが動いた。トミーの喉は締めつけられた。それを見たくはなかった。海にいるその化け物がはっきりと見えるようになれば、自分の手で窓を叩き割ろうかとも思った。

だが、光景はそこから移動し、はるか下に海を残して視点が上昇していった。大陸からも離れていく。そんなことがあるのだろうか。ふたりは世界から離れ、夜空のなかに上がっていく。まるで、フラットブッシュにいるこのふたりの男が、今ではるか彼方の宇宙を漂っているかのようだった。トミー・テスターは窓枠をつかんで体を支えた。

「ここからなら君も理解できるかもしれない」と、ロバート・サイダムは静かに言った。

だが、トミーには理解できなかった。彼は家に帰りたい一心だった。窓枠から手を離し、向き直るとギターを拾い上げ、窓の反対側にある扉に向かって走った。鍵のかかった書斎の扉に駆け寄ろうとした。後ろでロバート・サイダムが声を張り上げている。何と言っているのかはわからなかった。トミーは床に積まれた本を弾き飛ばしながら突進した。どんな目に遭おうと、父親が待つ家に帰りたかった。それ以上窓の外を見つめていると、魂がおかしなことになってしまう。自分のはったりの腕には自信があったが、ロバート・サイダムがもっと強い力を使っていることはわかった。彼は両開きの扉のところにたどり着くと、ふたつとも開けた。

すると、警察官のマロウンが廊下に立っていた。

マロウンが、公務用拳銃を彼に突きつけている。

「何だ?」とトミーは言った。「何なんだ?」

トミーはドアノブを強く握りしめた。もう片方の手はギターをつかんでいた。マロウンが引き金を引いた瞬間に自分は死ぬのだ、と思った。サイダムの家に入ったとき、後ろにいたのはこの男だったのか? マロウンがギターを蹴《け》っていたのか?

だがそれから、トミーは気がついた。マロウンが、というよりもマロウンの周囲が妙なことになっている。トミーはロバート・サイダムの家の書斎に立っているが、マロウンが立っているのはアパートメントの建物のロビーのような場所であり、どう見てもロバート・サイダムの屋敷の廊下ではない。一体どういうことなのか。それはまるで、屋敷と共同住宅のロビーというふたつの場所が、いいかげんな仕立て屋によって縫い合わされてしまい、現実の織地をでたらめに継ぎはぎしたせいでトミー・テスターとマロウン刑事が向かい合っているかのようだった。そして実際、ふたりとも狐につままれたように立ち尽くしていた。次の瞬間、ロバート・サイダムが息を切らせて書斎の扉にやってきて、手荒く扉を閉めた。そしてトミー・テスターの顔を平手打ちした。

「何を見た?」サイダムは叫んだ。「言え!」

「わかりません」トミーは静かに言った。

「あの御方だったのか?」サイダムは怒鳴った。上着のポケットに手を入れると、トミーから取り上げた石を出した。それを振りかぶり、トミー・テスターの頭を叩き割る構えになった。

「〈王〉が君を見たのか?」

「あの刑事ですよ」トミーはあえぎそうになりながら言った。「痩《や》せたほうの」

もうしばらく、サイダムは石を持った手を振りかぶっていた。「マロウンか?」そして手を下ろした。「マロウンだけか」と静かに呟いた。

「自分がどこにいたのかはわかりません」とトミーは言った。

サイダムは深く息を吸い込んだ。「まだこの部屋から出ることはできない」と説明した。「朝になるまでは」

トミーは本心から困惑の表情を浮かべた。

「もし我々があの扉をまた開けようとすれば、君が今しがた見たよりさらに奇妙なことが待っている。おそらくは、さらに危険なことが」

トミーは扉のほうを振り返った。額に寒気を覚えた。「マロウンが廊下に立っていたのに、そこはこの家の廊下じゃなかった」

「それは信じよう」とサイダムは言った。「だが、もっとひどいことになっていたかもしれない。それはわかってくれ。あの扉を開けて、出くわしたかもしれないものは……」

サイダムはトミーと扉のあいだに入り、夜を通じて一度もそこから離れなかった。

6

翌朝の朝七時、チャールズ・トマス・テスターはロバート・サイダムの家を出た。日が昇り、窓の外にふたたびフラットブッシュの通りが現れたそのとき、もう書斎の扉を開けても大丈夫だとサイダムは言った。それまで、夜のあいだずっとこの家は〈外〉にあったのだとサイダムは語った。その表現も、言葉の内容も、老人にはなじみのもののようだったが、テスターにはなかなかのみ込めなかった。屋敷が〈外〉にあった？　もちろんそうだろう。ほかにどこにあるというのか？　だが、老人はそれとは違うことを言おうとしていた。ついには、サイダムはこう表現した――

「片側が粘着性になっている医療用のテープを考えてみるといい。そのテープの中央に、布を丸めた玉が落とされるわけだ。この書斎がその布の玉で、我々が『普通』と言う時間と空間のなかにある。それはひとつの場所、ひとつの次元にくっついている。だが、今度はその粘着テープを握り潰したと考えてみたまえ。その布の玉が触れる表面はひとつだけでなく、かなりの数になる。そうやって、私の書斎は人の知覚、人の時間や空間の制約すらも超えて旅をするわけだ。その制約は、宇宙という規模で見れば無意味なものだ。今夜、我々はかなり遠くまで旅をしたが、君にはずっとフラットブッシュにいたように思えただろう。だが、違う。我々は影に取り憑《つ》かれた〈外〉に行ったのだ。

「旅をした先には、〈眠れる王〉の敷居もあった。王が休んでいる大洋の底だ。本当に近くまで行ったから、あとひと息で手を伸ばしてその顔に触れ、大いなる目が開くのを見られたかもしれない。だが、昨晩はしかるべき時ではなかった。まだ早い。君が書斎の扉に走っていってそこを破ったとき、動転した黒人ひとりのせいで長年の計画が失敗するのかと思って肝を冷やしたよ！　だが、運よくそうはならなかった。君が見たのは、あの死人のような顔の刑事だけだった。マロウンだ」

その手の話がさらに続いた。何時間も。サイダムがさまざまな名前を、むしろ存在をさらりと口にしていく様子は、ハーレムの街角でも見かける説教師のようだった。だがトミーは集中し、丸めた医療用テープの内側で迷子になった布の塊を想像していた。それを思い浮かべると、ありえないはずのことも理解しやすくなった。間違いなく、自分は窓から海原を見た。星から見下ろすようにして、この惑星を目にした。間違いなく、両開きの扉の奥にはマロウンがいて、必死であると同時に戸惑ってもいた。

その夜のあいだじゅう、ロバート・サイダムの話は繰り返し〈眠れる王〉に戻っていった。太陽の周りをめぐる惑星のように。**〈眠れる王〉**。どこかの時点で、サイダムは別の呼び名、王の真の名前を口にしたが、トミー・テスターにはどうしても思い出せなかった。ひょっとすると、頭がそれを忘れることにしたのかもしれない。

日が昇ると、ロバート・サイダムは最後にひとつ知恵を披露した。ポケットからまたあの石を取り出すと、今度はトミーの手のひらにその石を押しつけた。

「君が拾い、あとをつけてきた少年たちに投げつけようとする前は、この石は君にとって、君の存在にとって、どれだけの意味があった？　人類の愚かな苦闘が〈眠れる王〉にとって持つ意味は、その程度のものでしかない。王が帰還した暁には、君の同胞たちに降りかかったような人間の哀れな悪は、彼の偉大なる手によって一掃される。素晴らしいと思わないかね？　そして、残される我々はどうなるのか？　王を手助けした者たちは。その報酬を考えてみるといい。君はそうしたことを信じているはずだし、それが自分に起きるように仕向けるだけの賢さもあるはずだ」

そしてサイダムは二百ドルを渡すと、家から出ていくテスターに付き添った。ロバート・サイダムが扉を閉めたあとも、トミーはずっとポーチから動かなかった。トミーの目に映るのは光溢《あふ》れるフラットブッシュの朝だったが、階段を降り、木が立ち並ぶ小道を歩いていき、歩道に出ることがどうしてもできなかった。一歩ポーチから踏み出せば、〈眠れる王〉が待つ海原にそのまま落ちてしまうという気がしてしかたがなかった。そうならない理由はあるだろうか。そのせいで、彼の足は釘付けになっていた。あることが真実だとすれば、ほかの多くのことも真実なのではないか。

丸めた札束の感触によって、ポーチにいる彼はようやく我に返った。彼はその金を見下ろし、それで十分だと自分に言い聞かせた。二百ドルあれば、トミーとオーティスは半年近く暮らしていける。さっさとハーレムに帰って、金輪際ここには近寄らないようにしよう。ロバート・サイダムにはどこに住んでいるのかを教えていないのだから、俺は見つかるはずがない。サイダムがどんな計画を温めているのであれ、俺にはまったく意味のないことだ。老人には勝手に魔法を使わせておけばいい。夜になれば父さんとヴィクトリア協会でのんびり過ごして、話をして食事を楽しめばいい。約束したとおり、父さんのところに帰ろう。もうたくさんだ。トミーはもう一度札束をしっかりと握りしめ、それから丸めた紙幣をギターの空洞に入れた。

ドスン、と満足げな音がした。彼はギターをケースに戻し、片手を上着のポケットに入れた。サイダムから返された石はそのなかに収まっていた。石を地面に戻すことはせず、トミーはそのまま持っていった。金はそのうち使ってしまうだろうが、石は自分が〈外〉にいた夜の土産《みやげ》になってくれるだろう。

ハーレムに列車で戻る途中、トミーは誰にも目を留めず、まわりから目を留められていたとしても気づかなかった。今度は車掌が立ち止まって話をしていくこともなかった。テスターが妙な様子だったからかもしれない。すり切れた服を着た黒人がギターを足元に置き、片手に持った石をじっと見つめている。頭が弱いように、つまりは無害なように見え、つまりは誰の目にも見えなかったのだろう。

7

ハーレム。一晩離れていただけだったが、彼は人恋しかった。通りで近くを歩く人々、信号が変わる前から道路に走り出して度胸を競い合いながら学校に向かう少年たち。駅の階段を降りていくトミーは、サイダムの屋敷を出てから初めて笑みを浮かべた。

家に向かって歩いていったが、あまりに空腹だったため、まずは一四一丁目にある露店で食べることにした。支払いをする段になって、彼がギターの内部から紙幣を取り出したときが見ものだった。それまではまったく淡々としていた露店の女は、ビルマの大蛇の腹のように太い札束が出てくると態度を一変させた。彼がその札束から支払ったときの彼女の様子をトミーは気に入った。まるまる一ドルをチップに置いたときの様子はさらに愉快だった。ロバート・サイダムはトミーのような男を新しい世界の王子にしてくれるのだろうか。そうなれば最高だろう。店から出るころには、彼はまたサイダムの家に行こうかという気になっていた。あの老人の言うとおりだった。確かに、トミー・テスターは高い報酬を楽しんだ。

午前十時、自分の住む街区にやってくると、日光があらゆる顔と玄関に口づけをしていた。それに比べれば、通りは騒がしかった。店から出てきたときには往来にあまり気づかなかったが、今では通りは明らかに混み合っていた。一四四丁目に近づくころには、道路はごった返していた。間違いなく、彼の街区はその混雑のなかに沈んでいる。警察のパトロールカーであるフォードのT型チューダーセダンが三台、街区のなかほどに停まり、その後ろにはさらに大きな警察の緊急用輸送車が一台あった。

トミーはゆっくりと動いた。歩道には見物人が詰め掛け、すべての玄関ポーチに人の姿があった。そこまで混み合うハーレムを見るのは、一九一九年に第三六九連隊が戦争から戻ってきてマンハッタンをパレードして以来だった。

街区の少し先に、警察はバリケードを築いていた。二人組で立っている警官たちが野次馬を近寄らせないようにしている。そのころには、彼らはある建物に人を入れまいとしているのだとわかった。トミーの住む建物だ。トミーは人混みの端、バリケードのすぐそばまで行き、様子をうかがった。

マロウンが建物の正面玄関に姿を現した。そのそばをハワード氏が歩いている。ふたりは同じ速度、同じ足取りで階段を降り、一瞬、ハワード氏はマロウン刑事の影になった。数秒後、制服姿の警官がもうふたり出てくると、彼らと握手をした。

それからマロウンは顔を上げ、すぐにトミーを見つけた。トミーの匂いを即座に嗅ぎつけたかのように。彼が指すと、ふたりの巡査はバリケードに向かって走った。ひとりは初めてブルックリンで会ったときのハワード氏のようにテスターの首をつかみ、もうひとりの巡査はたまその場にいた別の黒人をつかんだ。そのふたりを連れてバリケードの横を回り、マロウンのもとに向かった。

「そいつじゃない」と、マロウンはふたり目の男を指して言った。

巡査は少しばつが悪そうだったが、それからいつもの手順でその黒人のポケットを探った。法に触れるものは何も出てこなかったため、巡査はその男を群衆に向けて手荒に押した。ふたりのあいだで言葉は交わされなかった。黒人の男は人混みに戻ると、ほかの人々と同じように振り向き、チャールズ・トマス・テスターがどんな目に遭うかを見守ろうとした。

「おまえの父親は死んだ」とマロウンは言った。

楽しんでいるようでも同情するようでもない口調だった。ある意味で、トミー・テスターにはありがたかった。心配しているようなふりはない。**おまえの父親は死んだ。**表面上は、彼は落ち着きはらってその知らせを受け止めた。心のなかでは、太陽が地球に近づいてくるのがわかった――トミーの内臓のほとんどを溶かすくらい近くまで迫ってきている。彼の体のなかを炎が駆け抜けたが、それを表に出すことはできなかった。口を開いて、オーティスの身に何があったのかと訊《たず》ねることができなかった。自分に口があることを忘れてしまっていた。石のように啞《あ》然《ぜん》として、その場に立ち尽くしていた。

「自分の父親が死んだと言われたら、俺ならあんたに殴りかかるね」とハワード氏は言った。「だが、こいつらは俺たちのように人を思いやる心なんてまったく持ち合わせてないからな。それは科学的に証明されてる。蟻《あり》とか蜂みたいなもんさ」。ハワード氏はそばの建物に向かって片手を振った。「だから、こんな暮らしでもやっていけるんだ」

トミーはポケットに入った石の重みを感じた。**おまえの父親は死んだ。**手を伸ばしさえすれば、その石を素早く取り出し、この白人たちの脳《のう》味《み》噌《そ》を地面にぶちまけてやれる。**おまえの父親は死んだ。**そのあとすぐに自分が死ぬのは間違いないが、それでも怖くはない。**おまえの父親は死んだ。**すぐにでもそうしたかったが、どうしても体が動かなかった。

ハワード氏はトミーをもうしばらく見つめていたが、それでも反応がないと見ると、まるで大陪審を前にしているかのように、さらに事務的な口調になった。

「俺は今朝七時ごろにその家に向かった」と、ハワード氏は語り始めた。「五三号室を見つけて、何度かノックした。返事がないから扉を調べてみたら、鍵はかかっていなかった。アパートメントに入り、順番に部屋を調べていって、最後に奥にある寝室に入った。するとそこに黒人の男がいて、ライフルを構えていた。命の危険を感じた俺は拳銃を抜いた」

どうやって自分がちゃんと立っていられるのか、トミーにはわからなかった。どうして倒れ込んでいないのか。一瞬、自分が、少なくとも自分の精神が、頭蓋骨《ずがいこつ》から抜けていく感覚があった。自分はここにはいない。〈外〉にいるのだ。サイダムの書斎にいなくとも、その旅をすることはできる。

ハワード氏は建物を指した。「この建物の向きのせいで、奥の寝室は通気の吹き抜けに面してる。そのせいで部屋は暗かった。俺が自分の身を守ったあと、襲撃してきた男はライフルを振り回してはいなかったことがわかった」

じっとトミーを見つめていたマロウンが口を挟んだ。「ギターだった」

ハワード氏は頷《うなず》いた。「暗かったから、それがわかるはずがない。マロウン刑事がここに呼び出された。俺が今説明したとおりの報告書を書いてもらうことになる」

トミー・テスターはふたりを順番に見た。ようやく声が戻ってきた。「でも、そもそもどうしてここに来たんです？」と彼は訊ねた。「どうして俺の家に？」

「ハワード氏は盗品の行方を突き止めるべく雇われていてね」とマロウンは言った。

「父さんは人生で一度も物を盗んだことなんかない」とトミーは言った。

「おまえの父親はそうだろうな」とハワード氏は認めた。「だが、おまえはどうなんだ？」

マロウンは細長い顔を緩ませ、コートのポケットをあちこち探した。ようやく警察官用の手帳を取り出すと、次々にページをめくっていった。マロウンの手帳には、どのページにも謎の記号や解読不可能な言葉が殴り書きされていた。そのメモは警察の業務とはまったく関係ないのではないか、とトミーは思った。難解な知識に満ちたロバート・サイダムの書斎のことが思い浮かんだ。マロウンの手帳もまた、語るのもはばかられる知識を書きつけた日記なのかもしれない。

ついに、上のほうにいくつか数字が書いてあるほかは空白になったページをマロウンは見つけた。そのページをトミーに見せた。それが何かはすぐにわかった。クイーンズのマー・アットの住所だ。

「私が考えていることを話そう」とマロウンは話し始めた。「この婆さんのために引き受けた仕事で、おまえは抜け道を見つけたと思った。契約の取り決めからは一歩も踏み外さなかった。

そうすればマー・アットが追ってくることはないだろうと踏んだわけだ。決まりを破ったわけではないからな。だがテスター氏よ、今は一九二四年だぞ。中世じゃない。彼女は魔術ではおまえを捕まえられないから、手助けを雇った。つまりハワード氏を雇ったわけだ」

ハワード氏は自分のコートを軽く叩いた。「おまえの父親のライフルを確保しようと近寄ってみたら、ギターだった。すると、探していたページが、まさにそのなかに入っていた」

「俺がそのページを彼女に渡さなかったのはなぜなのか、わかっていないんですか?」とトミーは訊ねた。「彼女があの本を手に入れたら何をできるようになるのか、それがわからないと?」

ハワード氏は笑い声を上げ、マロウンを見やった。「たった今、こいつは犯罪を自白したのか?」

マロウンは首を横に振った。「放っておけ」と言った。

「あんたはわかってるわけだ」とトミーは言い、マロウンの手帳をちらりと見た。刑事は手帳をぱたんと閉じると、またポケットにすべり込ませた。

「私にわかるのは、ハワード氏が到着したとき、おまえは家にはいなかったということだ」とマロウンは言った。「その結果、おまえの父親は危険にさらされてしまった」

「じゃあ俺のせいだと?」とトミーは言った。「それも報告書に書くんですか?」

ハワード氏の口がかすかに開き、驚きをそのまま表現した。「生意気なやつは嫌いだな」と彼は言った。

一方のマロウンは落ち着いた様子だった。「昨日の晩どこにいたのか話す気はあるか?」とマロウンは訊ねた。「それとも私が当ててみようか?」

チャールズ・トマス・テスターの頭に、父親の姿が浮かんできた。眠りかけた父親がふと顔を上げると、暗がりになった戸口のところに白人の男がいる。そのとき、オーティス・テスターは何を考えただろうか。せめて、愛する妻や、自分のことを心から尊敬してくれる息子のことを思い浮かべるだけの時間はあっただろうか。息をするか、叫ぶだけの時間は。祈る時間は。オーティスは最後まで眠っていたと想像するほうが救われるかもしれない。少なくとも、トミーにとってはそのほうが気が楽だった。

「父さんを何発撃ったんです?」とテスターは訊ねた。

「命の危険を感じたからな」とハワード氏は言った。「リボルバー拳銃を空にした。それから弾を詰め直してもう一回空にした」

トミーの舌は口に収まりきらないくらい腫《は》れ上がっているように思えた。そこで初めて、彼は泣くか、声を上げるかもしれないと思った。上着のポケットの石がさらに重くなり、まるで彼を地面に引きずり倒そうとするかのようだった。ロバート・サイダムと過ごした夜のことが、一気にすべて蘇《よみがえ》ってきた。あえいでしまうほどの恐怖とともに、あの老人が〈眠れる王〉の話をしていたことを。突然、宇宙的な無関心への怖れは滑稽《こっけい》なもの、あるいはまったく純朴なものに思えた。トミーはマロウンとハワード氏を見つめ返した。ふたりの後ろでは、バリケードにいる警察官たちが黒人の群衆を押し戻している。自分の住む共同住宅の崩れかけた正面玄関が、それまでとは違って見えた。道路の中央に停車しているパトロールカーは、巨大で黒い三匹の犬が集められた羊たちに飛びかかろうと構えているようだ。悪意に比べれば、無関心など何だというのか。

「無関心でいられたら、さぞかし気が楽だろうな」とトミーは言った。

8

チャールズ・トマス・テスターは寄る辺《よるべ》ない身になっていた。まず、マロウンとハワード氏によって建物から追い払われた。検死官が仕事を終えるまでは建物に立ち入ることは許されず、検死官はまだ到着していなかった。マロウンとハワード氏はトミーを連れて群衆の近くに行った。群衆は彼の周りで分かれ、彼を飲み込んで消化した。数分後、トミーは街区の反対側の端に排出された。見物人に囲まれてはいるが、どうしようもなくひとりぼっちだった。頭が真っ白になったまま歩いていくと、ヴィクトリア協会の前に来ていた。二階に上がると、彼の顔を覚えていた案内係が通してくれた。

早めの昼食にやってきた人たちで半分埋まった食事室にトミーは歩いていき、ほんの四日前に父親と夕食をとったテーブルから遠く離れた隅の席についた。トミーがそのテーブルに向ける目つきはまるで、父親が今にもふらりと姿を現して腰を下ろし、マロウンとハワード氏にひどい冗談を仕掛けられただけだと言うかのようだった。そのうち、三人の男がそのテーブルに着席すると、トミーは目を背けた。

しばらくすると、バックアイがやってきた。偶然のようにも思えたが、実はヴィクトリア協会の案内係が呼んだのだった。案内係をしているだけあって物覚えがよかったその男は、前回トミーが店に入るときに口にした名前を覚えていた。トミーのテーブルに来て座る前に、バックアイはほかの席に寄り、宝くじをしたい男からは数字を聞き、前の日に当たりを出した大柄な男には賞金を払った。それから席に座ると、ふたり分の昼食を注文した。今回はサウスカロライナの女性が作ったガラ人の米料理、魚の頭のシチュー、ハッシュパピー〔コーンミールの生地を小さく球形に揚げた料理〕だった。バックアイは食べたが、トミーは皿に目を向けることができなかった。

トミーの父親に何があったかバックアイはまだ耳にしておらず、トミーは話そうという気にはなれなかった。それでも、その知らせ、その恐怖は、彼の喉《のど》から飛び出したがっているように思えた。自分の存在を知ってもらいたいと思う不浄な精霊のように。父親が殺されたことを話さずにすむように、彼はロバート・サイダムの話をした。どれほど突飛な話であっても、ほんの七つ街区を隔てたところにあるアパートメントに、蜂の巣にされた父親の亡骸《なきがら》が横たわっていることに比べれば、まだ現実味があるように思えた。

トミーはすべてをバックアイに話したが、ある言葉に繰り返し戻ってきた。〈眠れる王〉、〈眠れる王〉、〈眠れる王〉。ようやく食べ物を口に入れたが、それは空腹だったからではなく、ほかにどうすれば黙れるのか思いつかなかったからだった。気が狂っているのではないかと思われてしまうだろう。

そのころには、バックアイは食べる手を止めていた。黙って友達を見つめ、目を細めた。

「運河で働いてたときにさ」とバックアイは言った。「ほら、そこに一年いたって言ったろ？ あの運河で働いてたとき、世界中から若いやつらが来てた。みんなそれぞれに物語があった。そういうもんだろ。それに、どんなに仕事がきつくても、自分の話をする時間は作るもんだ。「でさ、俺たちのところはフィジーとかラロトンガ島みたいに遠いところから来てるやつらもいた。タヒチってのもいたな。タヒチのやつらは何を言ってるのかわからなかった。あんなフランス語じゃな。でも、フィジー出身の兄弟ふたりは、間違いなくおまえが言ってたやつの話をしてた。〈眠れる王〉だ。そう。フィジーの兄弟は何回もそう言ってた。でも、ほかの呼び方もしてた。今すぐには出てこないけどさ。言おうにも、ろくに発音できないしな。『眠れる王は死んだけど、夢を見ている』。そう言ってた。それってどういう意味なんだ？ 俺からすれば、あんまり聞きたい話じゃなかった。その兄弟には近づかなかった。おまえさ、フィジーまで飛行機で行こうとか思ってないよな?」

バックアイは笑い声を上げたが、それは引きつった笑いだった。どうしてハーレム出身の友人が、フィジー出身の兄弟とまったく同じ話をし始めるのか。しかも、兄弟ふたりとも、パナマ運河の建設中に命を落としたというのに。どうすればそんなことが起こりうるのか?

もしトミーが最後まで聞いていれば一緒に笑ったかもしれないが、彼は立ち上がり、ギターを持つと、食事室から駆け出していった。あっというまに。途中ふたつのテーブルに置いてあった料理にギターケースがぶつかって皿を跳ね飛ばしてしまい、ヴィクトリア協会から慌てて出ていくトミーは男たちの罵声《ばせい》を浴びた。トミーはハーレムからフラットブッシュに出る高架鉄道に向かった。数時間前は、ロバート・サイダムの屋敷には二度と戻るまいと決めていたが、今となってはほかに行くあてはなかった。

パーティーが始まるまで八時間あったため、トミーは運賃を払うと、駅のプラットホームで待った。フィジーはハーレムからとんでもなく遠いはずだ。そこが大洋遠くに浮かぶ島だということは知っていた。バックアイの話が最後の決め手になった。〈眠れる王〉は確かにいる。**死んだけど、夢を見ている。**何か手を動かして気持ちを紛らわそうと、彼はギターを取り出した。四日前に父親から教わった曲を練習した。四日前、父さんは生きていて、この歌を教えてくれた！　アイリーンがオーティスに教え、オーティスがトミーに伝えた曲だ。霊を呼び出す曲だ、とオーティスは言っていた。弾き始めると、父親と母親は自分の近く、すぐそばにいて、ギターのコードと同じように現実の存在なのだと思えた。生まれて初めて、トミーは金のためでも仕事を売り込むためでもなく演奏した。人生で初めて、うまく演奏した。

「愛想笑いをしてくるやつらは気にするな」とトミーは歌った。「愛想笑いをしてくるやつらは相手にしないことさ」

プラットホームで彼に目を向ける人はほとんどいなかった。ハーレムでギターを弾く男は、歩道のアーク灯と同じくらいありふれていた。

「覚えとけって言っただろ、本物の友達はなかなかいない。愛想笑いをしてくるやつは相手にしないことだ」

夕方になるまで、トミーはプラットホームで演奏していた。指が疲れることも、声が枯れることもなかった。夕方早く、フラットブッシュ行きの列車に乗った。乗っているあいだずっと、彼はひとり歌を口ずさんでいた。あるいは、まわりの空気そのものが歌を口ずさんでいた。

9

「宇宙に関して誰も知ってはならないことを知り、誰もしてはならないことをできる人々がいる」

ロバート・サイダムは夜の十時半にそう言った。パーティーが始まって何時間も経っていたが、サイダムはまだ人々の注目を集めてはいなかった。先に来たトミー・テスターを彼が迎えてから一時間後、男たち、女たち、その中間の数名など、サイダムが言っていたとおり多種多様な集団がやってきた。パーティーは書斎で行われた。床に置いてあった本はすべて片付けられていた。その代わりに宴会用のテーブルと背の高い椅子《いす》、切子細工のクリスタルの酒瓶――入っているのは粗悪な密造酒ではない――とお揃《そろ》いのグラスが載った給仕用ワゴンが置かれていた。部屋にはさまざまな言語が響いていた。英語、スペイン語、フランス語、アラビア語、中国語、ヒンディー語、エジプト語、ギリシャ語、方言やピジン語。だが、音楽はトミーのギターだけだった。高い窓が並ぶ壁際を持ち場に指定され、トミーはあの大きく立派な椅子のそばに立って演奏した。自分に向けて歌い、ほかの客とは目を合わさないようにした。粗暴な連中ばかりの部屋をそれと見分けるすべは心得ていた。今の客たちは、まさにそれだ。サイダムは波止場や貧民窟《くつ》をうろつき回り、この殺し屋たちの集団を見つけ出してきた。ヴィクトリア協会についてトミーがかつて想像していたような場所を、この犯罪者たちは愛しの故郷と呼ぶのだ。

トミーはひたすら演奏した。朝からずっと歌っていた、あの曲を。曲を変形させ、編曲して、少し歌詞を口にし、そのあとはしばらくハミングして、また歌詞に戻った。

「あいつらは愛想笑いをしてくる」トミーはそっと歌った。「おまえを好き勝手に利用する。おまえが背中を向けたとたん、潰しにかかってくる」

演奏が中断されたのは一度だけだった。ロバート・サイダムが近くに来ると片手を上げて、トミーの手を止めさせた。サイダムはかがみ込み、ギタリストの耳のすぐそばに口を寄せた。

「それでは、私についてくるか?」とサイダムは訊《たず》ねた。「彼らに話しかける前に、訊ねておきたい。私がカエサルなら、君はオクタヴィアヌスだ」

トミーは口を開いたが、ずっと歌っていたせいで声が出ず、かすれた囁《ささや》き声になった。「世界の終わりまで、あなたについていきますよ」

ロバート・サイダムは一歩下がり、厳粛な面持ちでトミーの顔を見つめた。自分がどんな表情になっているのか、トミーにはよくわからなかった。正しい言葉を言っただろうか？　彼は真実を話した。それでいいはずだ。ついに、ロバート・サイダムは彼に背を向け、群衆ににやりと笑いかけると、大椅子の上を力強く叩いた。部屋にいた男女は静かになった。サイダムが大椅子に座ると、客たちは宴会用のテーブルに着席した。サイダムは片手をさっと動かしてトミーを移動させた。スポットライトを浴びるべきはサイダムだけだ。どこに行けばいいのかよくわからず、トミーは窓から反対側に歩いていくと、両開きの扉のそばに陣取った。すると、ロバート・サイダムは身を乗り出して話を始めた。

「宇宙に関して誰も知ってはならないことを知り、誰もしてはならないことをできる人々がいる」と彼は言った。「私はその数少ない一員だ。ご覧に入れよう」

サイダムは高い窓のほうを向いた。外はもう夜であり、煌々《こうこう》と照らされた書斎の光が、前と同じく窓を銀幕に変えていた。トミーは五十人のならず者たちを眺め回した。サイダムの魔法が行われているあいだの彼らの反応が見たかった。

「君たちの民は、雑多でむさ苦しい迷路に住むことを強いられている」とサイダムは切り出した。「だが、もしそれを変えられるとしたら？」

　窓に映る光景は深い緑色に変わり、空から見た海の色になった。ということは、自分たちはもう〈外〉にいるのか？　サイダムはこんなにあっさりとやってのけられるのか？　トミーは両手を上げて演奏したが、ほんの軽く弦に触れるだけで、歌いはしなかった。サイダムは顔を上げ、満足そうだった。トミーは霊を呼び出す曲を静かに弾いた。凶悪な集団は窓から目を離しはしなかったが、その音楽とサイダムの言葉は絡み合い、魔法をさらに強めた。

　前日の晩に老人が言ったことがすべて繰り返された。〈眠れる王〉。この現在の秩序、隷属の文明の終わり。人間とその愚行すべての終わり。無関心がもたらす絶滅。

「〈眠れる王〉が目を覚ませば、我々には報酬としてこの世界の支配が与えられる。王の恵みの影で生きることになる。そして、君たちの敵すべては叩き潰されて塵《ちり》になる。王は我々に報酬を与えてくださる！」そう繰り返す老人は、今や叫んでいた。「そして君たちの敵は叩き潰されるのだ！」

　群衆は叫び声で応えた。お互いの肩を叩いた。新たなる国の創始者たち、いや、それだけではなく、自分たちが治め支配する世界の創始者たちだ。

「その新しい世界に、私が案内しよう！」とサイダムは声を上げると、立ち上がって両手を掲げた。「そうすれば、私が正義の支配者だということがわかるだろう!」

彼らは足を踏み鳴らし、椅子を蹴り倒した。支配者ロバート・サイダムに乾杯した。

だが、トミー・テスターにはそれを祝うことはできなかった。昨日であれば、新たな世界での報酬に心動かされたかもしれないが、今はそのようなものに価値があるとは思えなかった。すべてを破壊し尽くし、残ったなにがしかをロバート・サイダムとここに集まった暴漢たちに引き渡すというのか? この連中のやることは、今までとどう違うというのか? 人類はどうしようもない状態を作り出してしまうのではない。人類そのものがどうしようもないのだ。疲労感がどっと押し寄せ、溺《おぼ》れそうになっていた。そうしたことを考えていると、トミーの演奏は苦々しい音になった。

ほかの人々とは違い、サイダムはそれに気づいた。顔を上げてトミーに鋭い目を向けたが、その表情はすぐに変わった。彼の苛立《いらだ》ちは驚きに変わった――トミーが高価なギターを振り上げ、床に叩きつけたのだ。粉々に。トミーは書斎の両開きの扉に向き直った。サイダムは叫んだ。最初は命令だったが、すぐに懇願になった。**まだだ、**と彼は声を上げた。**まだだ、この脳足りんの猿め!** 老人はトミーに向かって走ったが、荒くれ者の客たちが邪魔になった。ロバート・サイダムが見つめるなか、チャールズ・トマス・テスターはふたつの取っ手をつかんで扉を引いて開けた。そして、おののくロバート・サイダムを尻目に、彼はその扉を抜けていき、後ろ手に閉めた。

第二部　マロウン

10

マロウンはそそくさとハーレムを離れた。この六年間にわたって特別任務で所属しているブルックリンのバトラー・ストリート署には戻らず、私立探偵のハワード氏とともにクイーンズに向かった。ハワード氏が依頼されたとおりに取り戻した、盗まれた一枚の紙――それは本当に紙なのだろうか――を返しに行くつもりだった。黒人の若者が父親の死を知らされ、よろよろと去っていく姿を、ふたりは見守った。それからマロウンは、自分を呼び出したハーレムの刑事たちにもう一度礼を言った。

ハワード氏の陳述を取るとすぐ、その刑事たちはマロウンに連絡を入れた。ハワード氏が電話をかけてもらうべくマロウンの名前を口にし、少しばかりの金も握らせたというのはありえる話だが、マロウンは自分から訊《たず》ねはしなかった。到着すると、ニューヨーク市警の仲間として丁重に扱われた。マロウンは内心とはまったく裏腹に、ハワード氏の人柄については自分が保証すると述べた。じきに四人はテスター家の台所に座り、ハーレムとブルックリンの犯罪について語り合った。ハワード氏は、ずっと昔にテキサスで法の番人としてどうにか暮らしていたときのことを話した。会話は弾んだ。奥の部屋では、黒人の老人が床に突っ伏して死んだままだった。十一発の銃弾を浴び、ベッドから壁際まで弾き飛ばされていたが、古いギターはまったくの無傷だった。ネックについた血の汚れだけが、その犯罪の現場にギターがあることを物語っている。台所に座っている四人は話を続けるうちに、ギターを証拠として持っていく必要はないだろうということで意見が一致した。すべてはそうやってあっさり決着がついた。

そして今、マロウンとハワード氏は一四三丁目駅の入り口に向かった。列車のプラットホームに上がると、あの黒人がいた。死んだ男の息子が立ち、ギターを弾いている。ハワード氏でさえ、その男がまた姿を見せたことに心穏やかではないようだったため、ふたりはホームの南端で待った。黒人のギター弾きは目を一度も開けることなく演奏していた。その夜にサイダムの屋敷で開かれるパーティーに向かうところなのだとは、マロウンにはわからなかった。わかっていれば、彼のあとをつけていき、マー・アットの家に行くことはしなかっただろう。

クイーンズに向かう列車のなかで、マロウンとハワード氏はまったく言葉を交わさなかった。一緒に行動歩いていくときも会話は途切れ途切れだった。お互いのことを好きではなかった。

しているのは、ふたりともサイダムの件でお呼びがかかったからだ。とはいえ、彼らの仕事はさして進んではいなかった。マロウンは密かにロバート・サイダムに肩入れしており、老人から富を奪う口実をこしらえようと必死の親族たちには嫌悪感を覚えていた。サイダムが自分の時間と金を使って、世界についての神秘的知識を得ようとしているのだとして、それが親族に何の関係があるというのか。ひょっとすると、マロウンが老人に同情していたのは、彼にも何らかの感受性があったからかもしれない。子供のころから、世界には我々が触れたり味わったり見たりする以上の何かがあるに違いない、と彼は思っていた。刑事として暮らすなかで、その思いはさらに強まった。隠れた動機、実体のない意味、ある種の目立たない犯罪は、いつもそうした思いをかき立てた。たいていの犯罪は哀れな絶望や卑劣さの産物だったが、ときおり、より大いなる謎につながる手がかりを目にすることがあった。

たとえば、クイーンズのフラッシングにある小さな家屋の玄関扉の奥で待っている謎。ハワード氏とそこに近づいていくにつれ、マロウン刑事は不安に襲われた。ハワード氏が落ち着いている一方、彼の体はこわばった。マー・アットの家の扉に向かっていくと、空気はじっとりとして張りつめていく。マロウンは襟元《えりもと》を整えて咳払いをしたが、どう見てもハワード氏は何もわかっていなかった。ハワード氏は上機嫌で、大型犬のように嬉しそうで荒っぽい様子だった。扉の前に行き、ノックはせずに蹴《け》りつけた。扉は震え、マロウンも震えた。**そこでは気をつけろ、**と警告したかったが、ハワード氏は人に何かを言われてすぐに従うような性格ではなかった。

足音が近づいてくると、マロウンは片手でさっと髪を撫《な》でつけて襟に触れた。ハワード氏はまた扉を蹴った。マロウンのほうを振り向くと、動けない刑事を見て首を横に振った。唇をきっと結んだ顔は、神経質な刑事を蹴り飛ばしてやりたいと思っているかのようだった。すると扉が開き、戸口に年配の女が立っていた。ハワード氏は早口で話しかけた。

「あんた足が遅いな」と彼は言った。「もう帰ろうかと思ってた」

マロウンはあえぎそうになった。ハワード氏の口調のせいか、その言葉のせいか、それとも扉をわずかに開けた女の姿がちらりと見えたせいか。ハワード氏よりも家から離れたところにいたマロウンには、扉の内側にいた女の輪郭が見えた。戸口のところに、腰が曲がった細身の女が姿を見せている。鼻は高く、髪は後ろできっちりまとめている。だがその女の後ろに、マロウンは確かに何かを見た——何が見えたのか？　彼女がさらに見えたのだ。その女の後ろに巨大な体があり、薄暗い正面の廊下の奥にまで伸びていた。彼ほど感受性が整えられていない者であれば、それは影のいたずら、かすかな光が曲がった結果にすぎないと思っただろう。感受性のない心は、いつも真の知識を遠ざけてしまう。だがマロウンは、扉のところにいるその女の後ろに彼女の長さや大きさを感じた。それを無視することはできなかった。別の何かがいたということではなく、彼女の続きがそこにはあったのだ。マロウンはもう一度髪を撫でつけ、右手の震えをどうにかごまかそうとした。

一方のハワード氏は、いつもの苛立《いらだ》った口調で女に話しかけた。だが、彼女は話しているハワード氏の後ろに視線を向けた。マロウンと目が合うと、女はにやりと笑った。

ハワード氏はコートのなかに手を入れ、畳んだあの紙を取り出した。それまでずっと、マロウンはその紙を見せてほしいとは言わなかった。ふたりがハーレムで会ったときも、プラットホームで列車を待っていたときも、列車の車内でも、ここに歩いてくるときも。あの黒人のギター弾きの言葉が頭にこびりついていた。**俺がそのページを彼女に渡さなかったのはなぜなのか、わかっていないんですか？　彼女があの本を手に入れたら何をできるようになるのか、それがわからないと？**　あの黒人は何を知っているのだろうか。その疑問もあって、彼はハワード氏に同行することにした。好奇心は彼の若いころからの呪《のろ》いだった。

ハワード氏のポケットから四角いパーチメント紙が現れ、それに日の光が当たったとたん、煙がかすかに宙を舞った。マロウンには、見えるよりも先にその匂いがわかった。木炭の香りだ。マー・アットは光のなかに手を伸ばしてその紙を取ろうとした。腕はありえないほど細く、砂漠の色だった。彼女は紙切れをつかもうとしたが、ハワード氏がそれを引っ込めたため、マロウンは唖然《あぜん》とした。

「合衆国ってのは商売の国だ」とハワード氏は言った。「自分がどこにいるのか思い出すんだな」

家の暗闇のなかで、何か巨大なものが上に動き、毒蛇の尾のように揺れる。だが、マー・アットは――ふたりに見せている顔は――笑顔を崩さなかった。郵便受けを調べるよう、彼女はハワード氏に身振りをした。郵便受けには封筒が入っていた。ハワード氏は自慢げにマロウンのほうを振り返った。マロウンは唐突に、マー・アットが自分の尾で――それは尾なのだろうか――その大男をつかんで家に引きずり込んでくれないかと期待した。だが、そうはならなかった。ハワード氏は郵便受けから封筒を取ると、ふたを開けて現金を確かめた。マー・アットが身を乗り出すと、頭と肩が戸口の外に出た。口が開き、灰色の歯がむき出しになり、ハワード氏の首にかぶりつくかに見えた。

「あんたの名前は」とマロウンは言った。「前にも聞いたことがあるな」

マー・アットはびくっとしてマロウンを見ると、扉の奥に戻った。手を伸ばす動きは素早く、ふたりとも目で追えないほどだった。パーチメント紙をハワード氏の指のあいだからさっとかすめ取った。

ハワード氏は彼女のほうを向き、肩から下げている拳銃の取っ手をなめらかな動きでつかんだ。手から封筒が落ち、正面の階段に金が散らばった。そよ風が吹き、何枚かの紙幣が家の芝生の上に飛ばされていく。ハワード氏はあわててそのあとを追った。マロウンはマー・アットと戸口でふたりきりになった。

「エジプト人の名前だろう?」とマロウンは言った。「俺の理解しているところでは、その名前の女がカルナクに住んでいたはずだ」

「そうかい?」と彼女は言った。「それで、あんたは自分がどれくらい本当に理解していると思う?」

「それほどではないな」とマロウンは認めた。

マロウンの答えと、そこに込められた敬意を味わうかのように、老女は頷《うなず》いた。

「その本は何なんだ?」とマロウンは訊《き》いた。本当に静かな質問だったため、自分が声を出しているのかどうかもよくわからなかった。

「〈至上のアルファベット〉だよ」とマー・アットは言った。

「これでページがすべて揃《そろ》ったわけだ」とマロウンは言った。

「家に入っておいで」マー・アットは甘い声音になった。「ちょっと出ただけの血で私がどこまでのことをできるか、たっぷり見せてやるから」

マロウンはよろよろと歩道まであとずさった。マー・アットから目を離すことはしなかった。まばたきすらしなかった。彼女は一度だけ笑い声を上げると、扉を乱暴に閉めた。ハワード氏は芝生に両膝《りょうひざ》をつき、自分の金を数えている。マロウンは全速力で走ってその場を去り、ブルックリンへ、自分の管轄区へ戻っていった。ハワード氏が何かを叫んだが、マロウンの耳には届かなかった。動揺した自分の呼吸の音にすべてかき消されていた。

マー・アットの家に行くことは二度とないだろうとマロウンは思っていたが、それは間違いだった。彼はもう一度戻るが、そのときにはもう手遅れになっている。

11

サイダムの事件は終わりを告げた。少なくとも、あの訴訟好きの親族たちにとっては。公判の日が決まり、サイダムは判事の前に現れて自分自身の弁護を行った。遠戚も含めた親族の弁護士たちは、サイダムの精神が常軌を逸してきたと主張したが、サイダムは、自分は二十代には侮蔑《ぶべつ》していても六十代になると渇望するようになる研究に没頭しているのだと主張した。退職の年齢を迎えたときこそが理想的な学びの時期なのだ、と。自身も六十代だった判事は、確かにそのとおりだと満更でもなかった。

一族の弁護士たちは、サイダムの衰えを立証するべく、フラットブッシュで彼の近隣に住む十名から得た、奇妙な時刻に奇妙な連中がサイダムの屋敷を出入りしているという宣誓供述書を持ち出した。その証言によると、ある夜、彼は肌の黒い一団を自宅でもてなしたのだという。だが、サイダムはその事情も説明した。自分は宗教と神話の分野を学んでいる。そしてニューヨークには、五十もの国、百もの未開の部族からアメリカ合衆国に渡ってきたばかりの市民たちという類いまれな宝の山があるのだ。そうした人々の同胞が持つ信仰について、聞き出さない手があるだろうか？　自分は狂人ではなく、在野の人類学者なのだ。もう年齢のせいで世界を旅して回れないのだとしても、ニューヨークが自分のもとに世界を連れてきてくれる。

マロウンは公判に毎回出席し、サイダムが神秘的なものへの興味を説明すると、その老人に対して好感を抱いた。その法廷を見回しても、自分と同じくらい感受性ある魂を持ち、より大いなる謎があると気づいているのは間違いなくサイダムだけだった。

最終的に判事は、確かにサイダムの行動と交流関係は分別ある近隣の人々を困惑させたかもしれないが、それによって病院送りになったり富を奪われたりするべき理由とはならない、と認めた。サイダムは勝利を収め、親族と弁護士たちはこそこそと去った。ハワード氏は証言するべく法廷にいたが、決着がついたとなると、親族からはもうお呼びはかからなかった。彼はテキサスに戻るつもりだった。マロウンとハワード氏は、涙ながらの別れはしなかった。握手をしただけで、あとはお互いきれいさっぱりした気分だった。マロウンは上司からブルックリンの通常任務に戻るよう命じられ、いつもの日々に戻ったことで、奇妙にもロバート・サイダムとの接点がふたたびできたのだった。マロウンの仕事が不法移民の取り締まり巡回だったことを思えば、それは必然だった。

ドイツ人、イギリス人、スコットランド人にイタリア人、ユダヤ人、フランス人、アイルランド人、スカンジナビア人など、ヨーロッパの合法移民たちはみな、エリス島にある移民センターで受け入れられた。同じ経路で、多数の中国人も入国を認められた。だが、そのほかは？ブルックリンを巡回するマロウンは、シリア人やペルシャ人、アフリカ人たちも多数詰めかけた地区を通っていた。どうやって、これほどの数が大挙してブルックリンにやってきたのか？もちろん、そうした移民たちの行き先としては、あまり名前が知られていない港がほかにもあったが、三つ目の、不法入国の手引業者のみが知っている非合法の経路があった。その三つ目の道が、マロウンの関心事だった。正確には、それが仕事だった。上司たちに指示され、サイダムの件の前と後は不法移民の取り締まりを担当した。バトラー・ストリート署で勤務している警察官のなかで——ひょっとすると、ニューヨーク市のすべての警察官のなかで——その仕事を毛嫌いしていないのはマロウンただひとりだったかもしれない。あの黒人、チャールズ・トマス・テスターがマロウンの手帳を目にし、記号や印だと思い、彼を秘密の探求者だとみなしたのは正しかった。外国人で埋め尽くされた、ウサギの巣のように曲がりくねった路地のあるレッド・フック以上に、そうした秘密を掘り起こすにふさわしい場所があるだろうか。

そこで、マロウンはレッド・フックに戻っていった。その場所が恋しかった。そんな気持ちになる白人がほかにもいるとは思えなかった。ひょっとすると、ロバート・サイダムはそんなひとりなのかもしれない。そこにいる人々、彼らの迷信や卑俗な信仰という鉛を、より優れた知性によって宇宙開闢《かいびゃく》の知識という純金に変えることができるのだ。レッド・フックの通りを歩き回るマロウンは、しばしば、地区全体でもただひとりの白人だった。まわりの人々に慣れてもらい、彼は溶け込んだ。人々は彼に話しかけるわけではないが、彼のいるところでも気軽に会話し、マロウンの手帳はそうした物語で埋まっていった。マロウンがニューヨーク市警だということは住民たちも知っており、そのおかげで最も恐ろしい界隈《かいわい》にいても彼は安全だった。

それに加え、マロウンはささいな犯罪には目をつぶってやった。香りのいいタバコを吸っている若者たちを引っ立てはしなかった。密造酒を売っている部屋に押し入ることに体力を使いもしなかった。そうした部屋にいる男女が泥酔して視力を失ったり死んだりする危険があるといっても、彼からすればどうでもいいことだ。その手の活動には、目を光らせる警察の担当部署がある。地元の政治家の職が人々の手に握られている時期に当たれば検挙が行われるが、そのときですら、写真を何枚か撮り、多額の金がやりとりされれば、犯罪者たちは自由の身になれる。そうやってレッド・フックは効率よく運営され、そこでの犯罪は隔離された。社会がそのたぐいの地区に求めるのはそれだけだった。

巡回に戻って一週間、話ができるところでは人々に話しかけ、食堂で静かに座って隣の仕切り部屋での話を盗み聞きしていると、マロウンはある名前が話題に上る回数が増えてきていることに気がついた。ロバート・サイダム。

じきに、レッド・フックの食堂はどこもロバート・サイダムの話で持ちきりになり、街角にいてクローヴの香りをさせる若者たちの集団からもその名前が聞こえてくるようになった。共同住宅の窓から身を乗り出し、通りや路地を挟んで話に花を咲かせる女たちでさえ、その名前を口にしていた。数週間のうちに、レッド・フック全体がひとつの声となってひとつの苗字を繰り返し、合唱していた。

サイダム。サイダム。サイダム。

12

マロウンは先手を打ってフラットブッシュに向かった。外出日和の朝のなかを少し歩くと、サイダムの屋敷に着いた。敷地に入って正面ポーチの階段を上がった。一度ノックしてみたが、誰も出なかった。明かりか開いた窓か、サイダムのいる気配はないかと、マロウンは家の周囲を見て回った。だが、屋敷は打ち捨てられ、体から魂が抜けたような雰囲気だった。

そのうち、マロウンは大きな書斎の窓に行き当たった。長身のマロウンでさえ、内部を覗《のぞ》き込むには背伸びをせねばならなかった。書斎の本棚は、ひとつ残らず空になっている。部屋にあるものといえば大きく立派な椅子《いす》だけで、マロウンに背を向ける角度で置いてある。彼は両腕に力を込め、窓の下の出っ張りに体を引き上げた。椅子の影になっている床の部分に、一足の靴が見える。少なくとも、彼にはそう思えた。誰かがそこに座っている。それとも、誰かの体が立てかけてあるだけだろうか。自分の体を引き上げたままにしておくのはかなりの重労働で、マロウンは獣のような唸《うな》り声を上げた。両腕は震え、背中はこわばった。影なのか、男の靴のかかとなのか。窓ガラスを軽く叩きたかったが、体を支えておくには両手を使うほかない。すると、靴がわずかに動いた。まるで、椅子に座っている誰かが――本当に誰かが座っているのだろうか――立ち上がろうとしているかのように。マロウンは喉《のど》が締めつけられるような感覚になった。どうにか窓にしがみついた。部屋のなかで、椅子ががくんと動く。それは問違いない。座っている何者かが立ち上がろうとしている。マロウンは思い切って片肘《かたひじ》を窓の出っ張りにかけた。窓の外にいるマロウンの立てる音が、ロバート・サイダムに聞こえていないなどということがあるだろうか？　そもそも、そこにいるのがロバート・サイダムだという証拠はあるのだろうか？　マロウンの耳に、男の声が、というよりは震動が、分厚い窓ガラス越しに届いた。何を言っているのかはわからなかったが、リズムの高まりは感じられた。呪文《じゅもん》だ。

そのとき、何かがトーマス・F・マロウン刑事をつかんだ。

コートの背中をぐいとつかんでくる手。彼は窓から芝生に落ちた。制服姿の、かなり若い二人組が立っていた。ひとりがマロウンの横腹を蹴《け》ってきた。もうひとりはしゃがみ、片膝《かたひざ》でマロウンの胸を抑え込むと、片手でポケットを探っていった。その警官はマロウンの公務用拳銃を見つけたが、慌てて探していたせいで、公務用だとは気づかなかった。

「銃だ」と彼は相棒に言った。「ほかには何を持ってる?」とマロウンに怒鳴った。

ふたり目の巡査はまたマロウンを蹴り、「強盗」や「侵入罪」について怒鳴った。すると、膝をマロウンの胸に置いた巡査が、刑事のバッジを見つけた。それで会話の調子は変わった。つまり、本当の意味での会話が始まった。そして謝罪も。

ふたりの巡査はマロウンに手を貸して立ち上がらせた。蹴りつけたほうの男は引き続き謝った。だが、マロウンは体を押し上げてくれとだけ要求した。ふたりは困惑したようだったが、蹴ったほうの巡査は言われたとおりにした。下から押し上げてもらい、マロウンは書斎を覗き込んだ。椅子に座っていた何者かだけでなく、椅子も消え失せていた。

13

　翌朝、マロウンはレッド・フックに戻ったが、そこには沈黙しかなかった。彼が姿を見せると、通りはどこも静まり返った。マロウンと住民たちとのあいだに、沈黙というカーテンが下りた。街角にいる若者たちはさらに身を寄せ合い、口を開くのは自分が吸う番が来たときだけだった。窓から体を見せる女たちは、マロウンが通りかかると唇を固く結ぶ。彼が食堂の仕切り席に座ると、一日じゅうそこにたむろしている常連の男たちは勘定を払って逃げていく。レッド・フックのすべての人々が、マロウンに近づくなと警告されていたかのようだった。サイダムの家を覗《のぞ》いて回ったからなのか？

　ということは、忌み嫌っていたことに頼るほかない。レッド・フックで勤務するほかの警察官たちに相談せねばならない。マロウンは警察官の仕事を気に入っていたが、自分は本当に例外的な警官だと思っていた。仕事を始めて最初の二年間は、同僚たちと仲良くなろうと努力したが、自分にとって大事だと思う話をしても大声で笑われるだけだった。なかには、彼を警察から追い出そうとする者もいた。詩人は夢見がちでいるべきであり、警官は荒っぽくいるべきなのだ。その手の考えがはびこっていた。そうして、マロウンは自分の殻に閉じこもって隠者のようになり、点呼で集合しているときも、ときおり事件についてほかの警官たちと情報を共有するときも、それは変わらなかった。だが、レッド・フックの住民たちにここまであからさまに背を向けられたとなると、マロウンはバトラー・ストリート署に戻るしかなかった。徒歩で巡回している巡査たちがいた。レッド・フックの状況を知らせる前に屈辱を味わわされるものと覚悟していたが、署にいてこれから勤務を開始しようとしていたそのふたりは、実はマロウンを探していた。

怯《おび》えた顔つきのふたりは、マロウンに事情を話した。

パーカー・プレイスにあり、汚らしい臨海地区に面した共同住宅三棟を、ロバート・サイダムが占拠していたのだ。その家屋を購入していたということか？　とマロウンは訊《たず》ねた。もしそうだとしても、どうやってそれほど早く所有権を自分のものにできたのか？　巡査たちはそれに対しては答えられず、さらに度肝を抜くような話をしてきた。一夜のうちに、その三棟にいた住人はひとり残らず逃げ出したという。逃げ出したのか、追い出されたのか。そこに、ロバート・サイダムと、四つの書斎すべてを埋め尽くすほどの本が入ってきた。そして、レッド・フック界隈《かいわい》でも最も凶悪な五十人ほどの取り巻きもやってきた。それだけの移動を、たった一台のトラックを通りに停めることもなく完了させたのだ。一夜明けてみれば、どの建物のどの窓も分厚いカーテンで遮られていた。犯罪と放埓《ほうらつ》を誇る地元の英雄たちによって、建物は乗っ取られてしまった。巡査たちが経験したことのないような企みが、その土地で進行している。すべて、ロバート・サイダム氏の指揮の下に。

ふたりは最後に、副司令官としてロバート・サイダムに仕えている黒人がいる、という話をした。これまでブルックリンの犯罪記録に載ったことのない男だ、と。その男がサイダムの代弁者となり、老人がいないときにも指令を出している。

「みんなからはブラック・トムと呼ばれています」と巡査のひとりは言った。「どこへ行くにも、血の染みがついたギターを持ち歩いているんです」

ふたりの巡査に助け起こされているとき、ようやく、マロウンは自分が気を失っていたことに気づいた。

14

マロウンは巡査たちのもとを離れ、そのまま波止場に向かった。パーカー・プレイスの土地勘はあり、角にあるポーチの階段に陣取った。だが、自分がもはやレッド・フックの住民たちに溶け込ませてもらえる長身の青白い刑事ではなくなっていることを彼は忘れていた。噂《うわさ》が広まっていた。彼がポーチに座って手帳を取り出すとすぐ、その建物の住人たちは窓も扉も閉めてしまった。近くの角にいた若者たちは走って逃げていった。彼がインクペンを取り出すあいだに、地元の人々は避難してしまった。その地区でひとりポーチの階段に座り込んでいる白人の男ほど目につくものはない。マロウンは立ち上がったが、階段を降りる前に、木の扉が呻《うめ》く音が無人の通りに響いた。ハーレム出身のあの黒人が、サイダムの共同住宅のひとつから姿を現した。マロウンは素早く手帳をめくった。チャールズ・トマス・テスターだ。

巡査たちの言っていたこととは違い、そのときの彼は血の汚れがついたギターを持っていなかった。自分でもなぜかはわからないが、マロウンはそのことに深く安堵《あんど》した。

「サイダム氏があなたによろしくと」と黒人の男は言った。「俺を覚えてるかな？」

前に会ったときから、物腰も声音もがらりと変わっていた。その黒人は侮蔑《ぶべつ》の念を声ににじませ、マロウンのきつい視線にも正面から睨《にら》み返してきた。目をそらしたのはマロウンのほうだった。

「おまえの父親だが」とマロウンは言った。「もう埋葬はすませたのか？」

「亡骸《なきがら》を出してもらえない」と黒人の男は言った。「捜査が終わるまでは」

「もう終了したはずだ」とマロウンは言った。下に目をやると、自分がペンを武器のように前に構えていることに気づいた。その手を下ろしはしなかった。

「粘るのはやめた」と黒人の男は言った。

マロウンは口を開きかけたが、すぐに男に遮られた。

「サイダム氏はこの地区に転居して終《つい》のすみかにするつもりだということを、あんたをはじめとして警察に知ってもらいたいと思っている。フラットブッシュには戻らない」

そして黒人の男は、そっと鳥のあとをつける猫のような見開いた目でマロウンを見つめた。

マロウンは自分の手帳に視線を戻し、その目から逃げた。

「何ら違法なことはしていない以上、放っておいてもらいたいと彼は思っている」と黒人の男は言った。

「いつ放っておくかは我々が決める」マロウンは冷ややかに言った。「おまえに関しても同じことだ」

その街区も、次の街区も、あらゆる建物のあらゆる窓に人の顔があり、ふたりを見つめている。自分のためにではなくても、そうした見物人たちのためにみずからの役割と立場を主張しておくことが大事だろう、とマロウンは考えた。

「チャールズ・トマス・テスター」とマロウンは言った。「それがおまえの名前だな。そして、本来の居場所はハーレムで、レッド・フックではない」

「今では別の名前で呼ばれている」と黒人の男は言った。「そして、生まれたときの名前は俺にはもう何の力も持っていない。その名前は、俺の父さんと一緒に死んだ」

「ブラック・トムか？　そう呼んでもらいたいと？」

黒人の男は反応しなかった。ただ、我慢強い目でマロウンを見つめていた。

「もうここに顔を見せるな」とマロウンは言った。「ブルックリンのどこでもおまえを見つけ次第連行していいと巡回担当者に伝える。今度抑え込まれたときには五体満足だとは保証できないな」

ブラック・トムは顔を上げ、通りの両側にある建物を眺めた。

「サイダム氏は、クイーンズでしか見つからない本を探している」と、刑事の脅しを無視して彼は言った。「俺は今からそこに向かう」

「おまえがどこにいるべきかはもう言ったはずだ」と言ってみたものの、マロウンの声は口ごもり気味だった。

「俺が戻るときにはここにいないほうがいい」とブラック・トムは言った。

次に起きたことは不可解で、思い出すことすら難しかった。ブラック・トムが何かをした。マロウンは何かを耳にした。突然、低く大きな音が鳴り、まるでブラック・トムがマロウンの頭のなかで低音のハミングを聞かせたかのようだった。刑事の目の前がぼやけた。その音にマロウンは目がくらみ、足元がおぼつかなくなった。平手打ちでもされたかのように、近くのポーチの階段に倒れ込んだ。胃がひきつり、吐きそうだった。それから、とてつもない海風がマロウンのかぶっていた帽子を吹き飛ばした。帽子は逃げていくかのようにパーカー・プレイスを転がっていく。目の焦点がようやく定まると、通りにはマロウンしかいなかった。ブラック・トムは姿を消していた。

マロウンは立ち上がろうとしたが、立てなかった。両膝《りょうひざ》で頭を抱えるようにして、ゆっくりと息をしながら五十まで数えるしかなかった。改めて顔を上げてみると、通りの向かいにある共同住宅の三階の窓から若い女が身を乗り出し、マロウンを眺めていた。

「何があった?」とマロウンは叫んだ。今では立ち上がり、考えることができた。彼は自分の頭をつかみ、体を軽く撫《な》で、撃たれたり刺されたりはしていないか確かめた。何もなかった。公務用の拳銃はまだ肩のホルスターに入っていたが、金属はいつもより温かく思えた。

「何が見えた?」マロウンはその若い女に声を張り上げた。

彼女は答えたが、マロウンにはその言語は理解できなかった。女は話を続け、実際には叫んでいて、どんどん早口になっていったが、意味はわからなかった。この人々と話ができるように学んでおくべきではなかったか。マロウンは走り出し、その街区から全速力でバトラー・ストリート署に戻っていった。足を止めたのは、帽子を拾うときだけだった。彼は巡査ひとりとパトロールカーを一台招集した。これからどこへ向かうつもりか、ブラック・トムははっきりと告げていた。あえて知らせることでマロウンを嘲笑《あざわら》っていた。特別な書物を手に入れるため、クイーンズに戻るのだと。

15

　車がフラッシングに入ると、巡査がアクセルを全開にして時速七十キロ超で運転しているのにもかまわず、マロウンは片足を踏み板に載せてT型フォードの扉から身を乗り出した。帽子が飛ばされないよう片手で押さえ、もう片手では扉を押さえて体が飛び出してしまわないようにしていた。

　だが、マー・アットのいる街区に着いてみると、パトロールカーではそれ以上進めないことがわかった。通りも歩道も、あまりに混み合っていた。一四四丁目に彼らがバリケードを作った朝は、ハーレムの大群衆が押し寄せていた。今見えているのは黒い顔ではなく白い顔だが、人の数はほぼ同じだった。

　巡査はクラクションを鳴らし、道を空けろと人々に怒鳴ったが、それは雪を相手によけてくれと声を張り上げるようなものだった。マロウンは車から飛び降り、人混みのなかに押し入った。男も女もぎっしり集まり、彼の邪魔をするかに思えた。私は刑事だ！　とマロウンは叫んだが、その声には追いつめられたような響きがあった。さらに困ったことに、群衆にはその声はまったく効果がなかった。彼らはまるで魔法にかけられたかのような様子だった。何に目を奪われているのか？

ぽかんと見とれている人々の輪を抜けたとき、マロウンは目を覆いたい気持ちに駆られた。その代わり、まわりの群衆とまったく同じく茫然《ぼうぜん》とした。

「どうやって？」と彼は呟《つぶや》いた。

ほんの数週間前、彼はこの場所に来ていた。家の戸口のところでマー・アットと顔を合わせた。ハワード氏は両膝《りょうひざ》をついて金を数えていた。それが今では、マー・アットは消えてしまったようだった。彼女の家も丸ごと。壁も、屋根も、窓も、正面扉のそばの壁についていた小さな郵便受けも。すべてなくなっていた。前庭の芝生すらも。そのすべてが、雑草のように地面から引き抜かれていた。残っているものといえば、家の下水と水道管だけだ。一部だけ発掘された骨格のように、その管が土からのぞいている。その一画は暴かれた墓のようになっていた。

「どうやって？」とマロウンはまた言ったが、それ以上は言葉が出なかった。

瓦礫《がれき》はないかとあたりを見回した。ひょっとすると、家が爆発したのかもしれない。だが、瓦礫はなかった。

家は消え失せていた。

マロウンは我に返り、自分が現場に真っ先に駆けつけた警察官だということに気づいた。彼は群衆に向き直った。何を見たのかと訊《たず》ねた。答えはなかった。彼らは目を奪われたままだった。

群衆の前のほうにいる何人かを揺さぶってみたが、家に何があったのかは説明してもらえなかった。その代わり、めいめいが一連の感覚について語った——めまい、吐き気、頭のなかで鳴った低く奇妙な音。ほとんどは、外で老女の家を眺めているのではなく自分の家にいたときにそうした感覚に襲われていた。彼らが外に出てきたのは、金切り声を上げる女がいたからだった。

「どの女のことだ?」とマロウンは訊ねたが、それが誰なのかわかる者はいなかった。

さらに警察官が、そして消防団員が到着すると、人混みは散り散りになった。あちこちに動いていく人々に混じって、マロウンに近づいてくる女がいた。金切り声を上げたのはその女だった。一部始終を目撃したのだという。

「黒人の男が家に入っていったんです」と彼女は言った。「あそこにあるうちの窓から、その様子を見ていました」。彼女は通りの向かい側を指した。「うちには子供がふたりいるから心配で。子供の安全が第一ですから」

「もちろんそうでしょう」とマロウンも話を合わせた。「正しいことです」

女は頷《うなず》いた。「その男が家に歩いていくと、年寄りの女性が家のなかに入れました。意外でした。だって、彼女はあまり人付き合いのない人だったから。このあたりの人とは付き合いがないのに、あの手の人は入れるなんて。娘が台所で泣き出したんですが、私は目を離せませんでした。本当に不思議で」

彼女は少し思い直し、またマロウンのほうを見た。

「何をおっしゃっても、変な話だとは思いませんよ」と彼は言った。

彼女は何もない区画に目をやった。

「その黒人の男は、何かを手に持って家から出てきました。それを上着に突っ込んで、歩道に戻ってくると家を見て、ただ眺めていました。眺めていただけじゃないかも——私は後ろから見ていましたから。すると正面の扉が開いて、本当に大きく開いて、あの年寄りの女がいて、男に何か怒鳴っていたんです！　彼女がポーチの階段のところに出てきたから、私は思わずカーテンのそばからあとずさりました。あの女性が家の外にいるところなんて、一秒たりとも見たことがなかったんです。変だと思いませんか？　でも、事実なんです。もう何年も、彼女はすべて配達してもらっていました。それが外に出ている。きっと怒っているんだと、そう思いました。階段を降りて、その黒人と対決しようとしていたんです！

「それで、次に起きたことをどう言えばいいのかわかりませんから、見たままをお話しします。いいですか？　彼女が外に出てきて、黒人のほうはいかにも辛抱強く立っていて、それから、扉が開いたみたいな感じになりました。あそこに、葬儀場の門と彼女の土地の境目があるでしょう？　あそこに何かが開いたんです。言ってみれば扉ですが、実際に扉があったわけじゃありません。穴というか、空洞みたいなもので、その空洞のなかは何もなくて真っ黒でした。ほかにどう言えばいいのかわかりません。夜空のようだけど、星がまったくない。そのあいだずっと、娘のエリザベスは台所で泣いていました」

女は頭をうなだれさせ、目を閉じて、その上に片手をかざした。

「すると、あの黒人が、その……」。そこで女はその土地を見つめ、左腕を伸ばした。素早く払うように腕を動かした。「家から猫を追い出すみたいな仕草をしたんです。それか台所の裏口を開けて、箒《ほうき》で土を外に掃き出すときみたいに」

「〈外〉に？」とマロウンはおうむ返しに言った。唇が乾いていた。

「そうしたら、目の前がぼやけてしまって、すごく気分が悪くなって。目のずっと奥のほうで、あの音が聞こえたんです。泣いている娘をずっとそのままにしていました。どうしてそんなことをしたのかしら。私はそんな人間じゃないのに。それで、また目がはっきり見えるようになると、つまりめまいが収まると、その男が歩道にいるのが見えましたが、それだけでした。つまり、家も芝生もなくなっていて、あの年寄りの女性もいなかった。すべて姿を消していました」

「それで、その扉は？」とマロウンは言った。「見たという穴は？」

すると女は顎《あご》を押さえ、その場所に目をやった。「それもなくなったんだと思います。頭がうまく回らなくて。走って外に出ました。信じられますか？ なんなら自分でその黒人をつかまえようかと思っていました。でも、家の正面扉を開けたときには、もういなくなっていた。私は通りに立って叫んでいました。そうでもしないと、あんなものを見たせいで頭が破裂してしまいそうだった」

ブラック・トムはその本を手に入れた。つまり、じきにロバート・サイダムの手に渡るということだ。それだけではない。どうやったのか、ブラック・トムは片手をさっと払っただけでマー・アットを始末してしまった。ただの副官がそこまでの力を出せるのなら、サイダムにはどれほどの破壊力があるのか。マロウンは突然、自分がいかにちっぽけなのかを思い知った。

「じゃあ、娘さんは?」とマロウンは訊ねた。「大丈夫でしたか?」

女はにっこりと笑い、首を横に振った。「泣き疲れて、台所の床でそのまま寝ていました。ペパーミントの瓶を取ろうとしていたんです」

マロウンはパトロールカーがあるところに戻った。手を振って巡査を呼び寄せ、車に乗るとバトラー・ストリート署に戻った。マー・アットの家で何があったのか、マロウンは曖昧《あいまい》にしか言わなかった。所有地の損害。行方不明者。重大な窃盗。あの女が目にしたことはすべて伏せた。報告したところで、上司たちは何時間もかけてそれを調査し、何日間も半信半疑のままだろう。一刻も無駄にはできない、とマロウンは確信していた。

おそらく、ブラック・トムはその本をすでに主人のもとに持ち帰っている。どうにかしてニューヨーク市警の人員をすべてレッド・フックに結集するための策を、マロウンは練らねばならない。彼は上司たちのもとに行った。そして、サイダムとブラック・トムが共同住宅三棟の地下で酒を密造しているだけでなく、最も好ましからぬ国々からの不法移民をその建物に住まわせていると主張した。そして最後に、その黒人は年配の女性を拉致《らち》し、薄暗いアパートメントの地下に引きずっていって見下げ果てた罪に及んでいるとも付け加えた。マロウンの上司たちはしかるべき対応をした。一時間のうちに、三つの署の精鋭に号令がかかり、戦いに向けての戦力が整った。

16

七十五名近くに及ぶ警察官を動員し、総力を挙げて突入するための装備も動かす――いざそれを実行するとなると、レッド・フックに部隊が到着したときには夕方になっていた。そのころには、子供が三人拉致《らち》され、ロバート・サイダムが占拠した共同住宅に監禁されている、という複数の通報が寄せられていた。その子供たちは「青い目のノルウェー人」とのことだった。ゴワナスに近い地区でノルウェー人たちの暴徒が集まりつつあると言われており、警察はそれに先んじてパーカー・プレイスに行かねばならなかった。民族間の戦争がレッド・フックから溢《あふ》れ出して広がるのは止めねばならない。

到着した部隊は、通りに入る経路をすべて塞《ふさ》いだ。街区のどちらの端にも、ハーレムの一四四丁目のときと同じく三台のT型パトロールカーが斜めに停車した。緊急輸送車が二台、サイダムの共同住宅の表に停まった。近隣の建物にいた住人たちには、警告を発して立ち去るよう求めるまでもなかった。警察の車がブレーキをかけて停車するよりも早く、彼らは避難した。そうした住人たちはパトロールカーの向こう側に集まり、隣の街区の家々の正面階段にひしめいていた。レッド・フックじゅうが、その出来事を見守っている。地元の住民たちは建物の屋上に上がるか、窓から身を乗り出して見ようとしていた。輸送車から警察が何を運び出しているのか、誰もが目にした。

セオドア・ルーズベルトが市の公安委員長になったのは一八九五年のことだった。在任期間は二年のみだったが、彼は警察の近代化を推進した。結果として、三棟の共同住宅を奪取しようとする警察官たちの手元には山ほどの武器があった。めいめいが市警に支給された拳銃を持っていたが、それだけでなく、トラックの後部からは兵器庫が姿を見せていた。スプリングフィールドM一九〇三小銃。拳銃を両手に持って突入したい者には、M一九一一ハイパワー自動拳銃。ブローニング一九二一の重機関銃が三丁、通りに設置された。一丁を三人がかりでトラックから下ろした。その三丁が並べられ、それぞれの長い銃身が、共同住宅の正面階段に向けられた。三丁の銃というよりも三門の大砲のようであり、建物の正面扉を突破するためというよりも、地上戦に備えているかに見えた。

その機関銃を道路に下ろすと、あまりの重さに舗装のかけらが宙に舞い上がった。重機関銃を目にして、一帯の人々はいっせいに息をのんだ。それは飛行機を撃墜するために開発された銃だった。その地区に住む多くの人々は、包囲され戦火のただなかにある国を逃れてきた。アメリカ合衆国の市民を相手にそのような重火器が使われることになるとは思っていなかった。

重機関銃を見たマロウンはひるんだが、彼にはどうすることもできなかった。彼が呼び込んだ部隊は放たれたのだ。マロウンは自分の配置につき、突入の合図を待った。指令はすぐに出た。

マロウンが見守っていると、警察官たちの第一波が三棟の入り口を急襲した。どの建物のどの階の窓も、陰になって暗いままだった。警察官たちは大声を上げながらそれぞれの建物に入り、不意をついて怯《おび》えさせようとした。じきに、内部で扉を次々に蹴《け》って開けていく音が聞こえてきた。地区全体が、警察の動きを見守った。不思議そうにしている者も悲しそうにしている者もいたが、多くは胸躍らせていた。とくに若い男たちは、その暴力に興奮していた。警察が家屋に突入していくと若者たちは歓声を上げたが、彼らは秩序の側を応援してはいなかった。

じきに日が暮れ、夜になった。

そのときになってようやく、マロウンは一番左手にある共同住宅の段を上がっていった。その日の朝、ブラック・トムが出てきた建物だ。ほかの警察官たちが不法移民や拉致された白人の幼児を探しているのを尻目に、マロウンはロバート・サイダムを見つけるべく入った。正面の段を上がり、ロビーに入った。

棟の上階を目指していく警察官たちもいれば、ロビーに溜まって、上のアパートメントから連行されてくる多種多様で肌の浅黒い男たちに手錠をかけている警察官たちもいる。だがすぐ、マロウンは奇妙なことに気づいた。警察官の誰ひとりとして、ロビーの突き当たりにある扉を開けることはなく、扉の存在に気づいてもいない。そこにある扉が目に入っていないかのように。

マロウンがその扉に近づいてよく見てみると、文字がひとつ、かすかに書かれていた。「O」だった。ただの塵《ちり》の輪のように見えたが、彼がぬぐい取ろうとしても、消えようとはしない。親指の爪でその輪を切ろうとしても、「O」は頑としてそれをはねつけた。

「〈サイファー〉か」彼は静かに呟《つぶや》いた。「〈至上のアルファベット〉第十五の文字」

ほかの警官たちに目をやったが、彼らはマロウンに背を向けていた。背を向けているという自覚も、彼らにはなかった。その文字が魔力の徴《しるし》となり、彼らに力を及ぼして目を背けさせているのだ。警察官たちは銃に弾を込め直したり、上階にいる仲間たちに声をかけたり、捕えた男たちをしっかりと抑え込んだりしている。マロウンが大声で呼びかけたとしても、彼らには聞こえないだろう。マロウンにしても、そうした事柄を研究することに人生を捧げてこなかったならば、おそらくその文字を見逃してしまっただろう。

マロウンは扉の取っ手を回してみた。鍵はかかっていなかった。それもそのはずだ。そこに扉があるとは、マロウンしか気づかなかったのだから。不安になった彼は拳銃を抜いた。そして扉を開けたとき、彼は衝撃で叫び出しそうになった。扉の向こう側にはブラック・トムが立っていたが、その後ろにあったのは、ロバート・サイダムの書斎だった。マロウンは外側からその書斎を見ただけだったが、造りつけの本棚が並ぶ壁を見てすぐにわかった。昨日の朝覗《のぞ》いたときには本棚は空だったが、今ではぎっしりと本が並んでいる。マロウンの驚いた目を、ブラック・トムは見つめ返した。入り口に立っているその姿は計り知れないほど若く、あるいは計り知れないほど無垢《むく》であるように見えた。片手に持っているギターには、血の染みはついていない。マロウンは圧倒され、引き金にかけた指を本能的に絞った。だが、発砲するよりも早く、ロバート・サイダムが目の前に駆け込んでくると、内側から扉を乱暴に閉めてしまった。

マロウンは引き金から指を離し、ロビーにいる警察官たちのほうを振り返った。この出来事があっても、彼らは背を向けたままだ。強力な魔術が働いている。彼は扉の取っ手をまた握った。脇に一歩よけ、見知らぬものにまた出くわしても正面からぶつかってしまわないようにした。だが、今度は、地下に続く暗い階段しか見えなかった。マロウンは拳銃をホルスターに戻した。扉から入ると、巨大な獣の息のような熱い空気がどっと押し寄せてきた。川の水の悪臭を浴びて顔が熱くなった。彼は地下階段の一番上に立ち、扉の取っ手を強く握りしめた。踵《きびす》を返して出て行こう。そうすればいいだけだ。

「もう目を隠すな」と、ロバート・サイダムが地下から呼びかけた。「もしおまえが探求者なら、ここに来て、真なるものを見るがいい」

その言葉に嘲笑《あざわら》われていると思ったマロウンは、自分の後ろにある扉を閉めた。

階段を下りきったとき、マロウンはコートの内側に手を入れた。ポケットのひとつには拳銃が、もうひとつには秘儀の知識を記した手帳がある。どちらを取り出すつもりだったのかは自分でもわからなかった。この空間で自分を守ってくれるのはどちらなのか。そのときの彼は手帳を選んだ。

共同住宅の地下室は拡張されていた。その建物と隣の建物とのあいだの壁は壊されていた。床には瓦礫《がれき》が積み上がっており、片隅には大型のハンマーが五、六本置いてあった。三棟の地下室すべてが壁を壊され、今ではひとつの大きな空間になっている。灯油ランプが間隔をおいて床に置いてあったため、マロウンはその大部屋をおぼろげに見ることができた。サイダムと取り巻きがここに入ってきてから、まだ二日と経っていないはずだ。目の前にあるのは、大勢で何か月もかけた作業だった。その膨大な労力を思っただけで、彼は体が震えた。

ひとつ、見覚えのあるものがあった。地下空間の一番奥に、大きく立派な椅子《いす》がある。ほんの一日前には、ロバート・サイダムの屋敷にあった椅子だ。マロウンに背を向けて置いてあり、少し離れたところからでも、盛り土の上にあるのか、少し高くなっているのがわかり、祭壇のようだった。地下室は歪《ゆが》んだ礼拝堂、冒瀆《ぼうとく》の神の教会になっている。

少し遠くに、暗がりから出てくる人影があった。男だ。マロウンがその男を見るのは、法廷に出てきたとき以来だった。その彼が、自分の知性を証明するべく着ていたのと同じチョッキに両手を突っ込んでいる。

「ロバート・サイダムだな」と刑事は言った。

老人はマロウンを見つめたが、薄暗かったためにその表情は読み取れないままだった。するとサイダムは後ろを振り返り、まだ影に隠れている何者かに話しかけた。そして片手を上げ、マロウンを招き寄せた。

そのときになっても逃げることはできたが、マロウンは自分に一番近い壁に書いてある言葉をこっそり見た。幅のあるブラシを使ったような文字が、黒いペンキで書かれている。そのペンキが下に垂れていたせいで、まだ読み取れる言葉はわずかしかなかった。マロウンはペンを取り出し、手帳を開くと、読み取れる言葉を書き写した。

ゴルゴー、モルモー、千の貌《かお》持てる月。

もっと書かれていたが、光が弱いせいですべてを読むことはできなかった。

「お望みなら説明してもいい」とロバート・サイダムは言った。彼は音ひとつ立てずにマロウンのすぐそばに来ていた。マロウンの腕に触れるか、喉《のど》をかき切ることもできるほど近くに。川の水の臭いが強くなった。汚泥の悪臭。いつのまにか地下室が浸水したのかと思い、マロウンは下を見たが、床には水はなかった。その臭いはサイダムその人から出ていた。臭いが服についているのではなく、体の内部から出ているのだ。老人が息を吐くと、川の汚泥の波がマロウンに届いた。

近くからだと、ロバート・サイダムの顔つきがよく見えた。とくに目には弱い光が宿り、判事の前に立っていたときから百歳も年老いたかのようだった。サイダムはマロウンの腕に手を伸ばしたが、奇妙な触れ方だった。しっかりつかむのではなく、押しやるような動きだった。

「すべてやっておきました」

ブラック・トムだ。少し離れたところに歩み出てきた彼は、片手にバケツ、もう片手に馬の毛のブラシを持っていた。ブラシからは黒いペンキが滴っていた。

「すべて命令どおりに」とブラック・トムは言った。「歓迎の字を書きました」

サイダムはマロウンの腕を放し、ブラック・トムのほうに向き直った。「これもすべて、おまえのおかげだ」と言った。

「お仕えしているだけです」とブラック・トムは静かに言った。

バケツの匂いがマロウンに届いた。濡れた金属のような強烈な匂いだった。バケツは血で満たされていた。壁の言葉は血で書かれていたのだ。その時点で、マロウン刑事はポケットに入れた拳銃を出してふたりを撃ち殺すこともできた。そうしたとしても、誰からも咎《とが》められはしないだろう。だが、彼はそうしなかった。なぜなのか。

ロバート・サイダムはにやりと笑った。「この先どうなるのかを見たいのだな」

マロウンは恥ずかしさにも似た気分で一度だけ頷《うなず》いた。「見たいね」

ロバート・サイダムはため息をついた。「我々のような人間の宿命だよ。そのせいで破滅するとしても、どうしても知りたくなってしまう」

それから彼は向き直り、すぐ後ろに立っていたブラック・トムとぶつかった。ブラック・トムがバケツを落とすと、大きな音が響いた。残っていた血が地下室の床じゅうに飛び散った。

空になったバケツが二回転する。ブラック・トムはそのあとを追った。そのとき、ロバート・サイダムはまたマロウンの肘《ひじ》をつかんだ。

ブラック・トムは片手にブラシを持ったまましゃがみ込んだ。バケツを逆さにした。「全部なくなってしまいました」と言った。

「なんだと?」と応じるサイダムの声はわなないていた。

「でも、もうほとんど終わりだった」とトムは言い、それから、「終わりでした」と言い直した。

サイダムはマロウンを放し、頭をうなだれた。「では、大したことではないな」

「そうでしょうね」とブラック・トムも頷いた。「大したことではありません」

サイダムは片手を上げ、ブラック・トムを脇にのかせた。マロウンと老人のふたりは、地下室をさらに歩いていった。壁にはさらに多くの言葉が見える。マロウンはそのいくつかを読み上げた。

「正義《Justice》。女王《Queen》。誕生《Born》。自我《Self》」

すると、サイダムが次のふたつを口にした。「知恵《Wisdom》。未知《Unknown》」

「〈至上のアルファベット〉か」とマロウンは言った。

「ほぼすべてだ」とサイダムは答えた。「最後の一文字だけが残っている。それから……」

老人の声は、恍惚《こうこつ》とするはずだとマロウンが思うところでうんざりした響きになった。通りから——まるで何キロも離れているかのように——仲間の警察官たちが叫ぶ声、間違いなく銃撃の音が、マロウンの耳に届いた。まずは拳銃、それからライフルの音。

「始まりますね」とブラック・トムは言った。主人とは打って変わって、歓喜をにじませた声だった。

マロウンはブラック・トムを見つめた。ロバート・サイダムに目を戻すと、老人は悲しげな目で刑事を見ていた。通りの銃撃の音が一気に激しさを増し、見物人たちから怒号や金切り声が上がる。

「すべてが終わる前に残りを見ておくといい」とブラック・トムは言った。「あの椅子のそばに行け」

そう言うと、ブラック・トムは大部屋の奥にある大きな椅子のほうにマロウンを押していった。マロウンは異議を唱えることも気分を害することもなかった。そそくさと前に進んだ。

マロウンは大きな椅子に近づいた。脚が次第にこわばり、足が重くなっていき、頭はどんよりとした水たまりをかき分けていくような感覚になる。恐怖と好奇心のせいなのか、それとも、部屋を歩いていくにつれて空気が実際に変化しているせいなのか。後ろでロバート・サイダムが何かを話していたが、マロウンにはよく聞き取れなかった。

〈眠れる王〉！

ロバート・サイダムはそう叫んでいたのか？

通りから響く重機関銃の音が、空気を切り裂く。一丁でも二丁でもなく、三丁の機関銃がいっせいに火を噴く。建物の内部から誰かが銃撃した音があったのかどうか、マロウンには確信がなかったが、そうでなければ警察が発砲するはずがない。対空機関銃が三丁揃《そろ》ったとなると、この共同住宅の建物はどれくらい持ちこたえられるだろうか。パーカー・プレイスは破局を迎えつつあり、空気は汚泥と硝煙《しょうえん》と予知の臭いを放っていた。

「王は**〈外〉**で待つ」とロバート・サイダムは叫んだ。「距離を測れる隔たりではなく、次元の異なる隔たりで。〈眠れる王〉は扉の向こうで休んでいる。揺るぎない決意を持つ者が、その御方を目覚めさせるだろう」

「それがあなただな！」とマロウンは叫びつつ、椅子に近寄った。

その椅子に、誰かが座っている。

突然、地下室に強風が吹きつけた。まるで、嵐のさなかに窓がひとつ大きく開いたかのように。マロウンは椅子に手を伸ばし、背をつかんで体を支えた。間違いなく、誰かが椅子に座っている。大きな体の誰かが。これが〈眠れる王〉なのか？

明滅する光が部屋を満たした。どこから光が出ているのか、とマロウンは振り返った。その光が走ると部屋の隅まで見え、影はことごとく消し去られた。マロウンが後ろを見ると、ロバート・サイダムと従者ブラック・トムは地下室の中央に立っていた。そして、そのふたりの後ろには？　空洞が開いた。扉が。一階に上がる地下階段はもう見えなかった。そこには暗闇の大きな泡があった。純粋な暗闇ではない。その扉を通して、彼は底知れない海の深みを覗き込んだ。その海のなかに、巨大な何かがおぼろげに見える。彼の理性的な思考とは折り合いをつけられない何かが。

「警告しようとしたはずだ！」とロバート・サイダムは叫んだ。「この極悪非道の海賊は殺意を抱いている！〔アメリカの作家ハーマン・メルヴィルによる中編「幽霊船」からの引用〕〈黒きファラオ〉がここにいるのだ！」

通りでは、重機関銃による銃撃がまだ続いている。千発。もっと撃っているかもしれない。地下室の天井は割れ、塵が落ちてくる。警察は機関銃で建物を破壊しようとしている。なかにいる男たちを逮捕するだけでは飽き足らず、共同住宅そのものを瓦礫の山にするつもりなのだ。

マロウンは海で嵐に揺れる小舟につかまるように椅子にしがみついた。そして、その椅子に座って暗く見える人影よりも心乱されるものを目にした。

ブラック・トムが片手を宙に上げると、銀色の何かがきらめいた。彼はロバート・サイダムの首筋に剃刀《かみそり》を当ててさっと横に動かした。老人の首をかき切ったのだ。サイダムは金切り声を上げて倒れた。それまでマロウンは、喉を切られた人が金切り声を上げられるとは知らなかった。そのときになって、それがありうるのだと知った。殺害現場の後ろでは、巨大な扉が開いたまま、世界に開いた深い穴が広がっていた。

マロウンは椅子のそばをぐるりと回った。手帳を落とし、拳銃を取ろうと手で探った。片膝《かたひざ》をつき、椅子に座った人の横顔を見た。知っている男だった。出てきた言葉が喉につかえそうになった。

「ハワード」と彼は囁《ささや》いた。

大きな椅子に座っていたのは私立探偵だった。死んでなお、彼は苦悶《くもん》の表情を浮かべていた。ハワード氏の頭部の上にかけてはちぎり取られていた。頭皮を剝《は》がされたのだ。頭頂部近くの皮膚はめくれ、外れている。むき出しになった灰色の頭蓋骨《ずがいこつ》を見たマロウンは恐怖で身震いした。

マロウンの手は、肩にかけたホルスターに入った拳銃を見つけた。

ブラック・トムはロバート・サイダムのそばに立っていた。右手にはまだ剃刀があったが、彼は左手を上げ、マロウンがそれまでは馬の毛のブラシだと思っていたものをつかんだ。

「手に入るものを使うしかなかった！」とブラック・トムは叫んだ。「いざ文字を書くとなったとき、ハワード氏は実に役に立ってくれた。少なくとも、彼の一部は役に立った」

マロウンは体勢を立て直し、ハワード氏の片膝を素早く撫《な》でた。誰であれ、このような死を迎えるべきではない。

マロウンは立ち上がった。ブラック・トムは大きな椅子に近寄った。マロウンは手を叱《し》咤《た》激《げき》励《れい》して拳銃を抜こうとした。彼らの頭上から、漆喰《しっくい》がぼろぼろになって落ちてくる。そのあいだも、ロバート・サイダムはまだ息絶えてはいなかった。両膝をつき、前かがみになり、切られた喉をつかんで指のあいだから命をこぼれさせ、苦痛というよりも困惑で泣きわめいていた。

「今になっても、この男は自分が勝ち誇れないとは想像できずにいる」と、ブラック・トムはサイダムを身振りで示して言った。剃刀を持った手をだらりと下げ、今では気さくな殺人犯になっていた。指は血でぬめっていた。彼は天井を見上げた。「この建物を倒して、君たちふたりを下敷きにする気だな」

「俺たち、だろう」。マロウンはコートから手を抜いてはいなかった。「俺たち三人を下敷きにする気だ」

その門は開いたままだった。心中密かに、マロウンにはその光景を喜ぶ気持ちもあった。目が慣れてきた。彼が見下ろしているのは、海の底にある、太古に失われた都市だった。その朽ちかけた巨大都市のただなかに、山脈ほども大きな人影が見えた。

「ほら、聴け」とブラック・トムは言うと、天井を指した。地上からの銃撃音と怒鳴り声が、大きな渦のようになっている。「母さんからも父さんからも、この歌は教わらなかった。この歌は俺だけのものだ」

重機関銃の音がまだ続いている。あとどれだけの弾薬が残っているのか。地元の住民たちの叫び声もあいまって、あたかもひとつの楽器のようになり、重機関銃に合わせて鳴っている。哀れなロバート・サイダムはまだ生きていた。彼が金切り声を上げると、喉をつかむ両手から血が飛び散る。そうした音がひとつひとつ積み重なり、隣り合っていた。発狂した音楽、邪悪な管弦楽。

「俺にはバラードのように美しく聞こえる」とブラック・トムは言った。

「おまえはあの婆さんを殺したな」とマロウンは言った。「マー・アットを」

「あの女は不死身だ」とブラック・トムは説明した。「でも、片付けておいた」

「俺は法の執行人だ。俺の身に何かあれば、どうなるかわからないのか?」

「銃とバッジがあればみんながビビるかといえば、そうでもない」とブラック・トムは言った。

「どうやって?」とマロウンは言った。「どうやって、これだけのことができるように?」

「こうしたことが可能だと、サイダムが教えてくれた。でも、この老人は最後まで見届けるにふさわしい人間ではない。扉を抜けて運命を迎え入れる、それは俺の務めだった。サイダムも結局は凡人にすぎなかった。彼が求めていたのは権力だった。でも、〈眠れる王〉はけちな要求に栄誉を与えはしない」

「じゃあ、なぜおまえがそれを引き受ける?」マロウンの口調は戸惑った子供のようだった。

「権力のためでないなら、一体何のために?」

ブラック・トムはマロウンの首根っこの後ろを強く叩いてつかんだ。「ジョンの握手」をマロウンは初めて味わった。痛かった。ブラック・トムは彼を引きずり、椅子から離れた。歩いていくブラック・トムが椅子を蹴り倒すと、ハワード氏の体は床で大の字になった。

「俺は心のなかに地獄を抱えている」ブラック・トムは唸《うな》るように言った。「そして、人からまったく同情してもらえないとわかったとき、木々をなぎ倒して荒廃と破壊を広げ、腰を下ろしてその廃墟《はいきょ》を楽しみたいと思った」

「つまり、おまえは怪物なのか」とマロウンは言った。

「俺は怪物にさせられた」

ふたりはロバート・サイダムに近づいた。サイダムはまだあえいでいたが、血をかなり失い、床に突っ伏していた。排水口のような音を喉から立てていた。門に向かってブラック・トムに引きずられながら、マロウンは突然、自分はそこに放り込まれるのだ、向こう側に押し込まれるに違いないと思った。遠くの海で溺《おぼ》れ死ぬという怖れよりも、どんよりとした破滅に浸された古代都市と、その廃墟に大きく横たわる何者かに近づくという怖れのほうが強かった。

「いやだ」マロウンは囁いた。「そこに送り込まないでくれ。そこに送られるのだけはごめんだ」

「おまえは探求者だと思っていたが」とブラック・トムは言った。「じゃあ、こうしよう」

ブラック・トムはマロウンをひざまずかせた。ふたりは門から三メートルほどのところにいた。門から吹き込んでくる強風は、海原ではなく深い腐敗の臭いをさせていた。風が唸り声を上げ、マロウンの感覚をふらつかせ、おぞましい知恵を打ちつけてくる。

「言葉と音楽」と、ブラック・トムはマロウンの耳のすぐそばで話しかけた。「この歌に必要なのはそのふたつだ。音楽は上から聞こえているが、言葉はまだ出揃っていない。あとひとつ文字を書かねばならないが、もう少し血が必要だ。それを手伝ってもらおうか」

門の向こう、沈んだ都市の廃墟のなかに、マロウンはその存在の巨大な顔を見て取った――顔というよりも、顔のような歪みを。その相貌《そうぼう》の上半分は人の頭蓋骨のようになめらかだが、目から下の部分は波打ってねじれ、何本もの触手や巻きひげになっている。広げた帆を何枚もつなげたような大きさのまぶたは、ありがたいことにまだ閉じているが、今にも開こうとするかのように細かく震えている。

「もうやめてくれ！」マロウンは泣き叫び、目を閉じようとした。「見たくない！」

ブラック・トムはマロウンの首に片腕を回してきつく締め上げた。

「父さんの名前はオーティス・テスターだった」とブラック・トムは囁きかけた。「母さんの名前はアイリーン・テスター。ふたりが大好きだった歌を披露しようか」

マロウンは片手でブラック・トムの腕をほどこうとしつつ、もう片手で銃を探った。首を絞められていても、ブラック・トムが歌っていても、狂気の嵐のさなかでマロウンの頭の片隅には理性が残っていた。

拳銃を見つけろ。

拳銃を使え。

「愛想笑いをしてくる連中は相手にしないことさ」ブラック・トムは静かに歌った。

拳銃を見つけろ。

拳銃を使え。

「愛想笑いをしてくる連中は相手にするな」

マロウンの手がコートのポケットを見つけ、そのなかにすべり込む。拳銃を握る。

「これは覚えとけって言っただろ、本当の友達はなかなかいないんだ」とブラック・トムは甘い声で歌った。

マロウンは銃を握った手を抜いた。それを上に向け、引き金を何度でも引けばいい。ここまで至近距離で発砲すれば耳がやられてしまい、永遠に後遺症が残るだろうが、ブラック・トムを倒すことはできる。一番大事なのはそのことだ。

ブラック・トムは唸った。出し抜けにマロウンの顔に何かをしたが、それが何なのかマロウンにはわからなかった。片手を上げつつも、マロウンは新しい感覚に力を削がれた。体に火をつけられた——そう感じた。燃えるような痛み、それがどこから生じているのかがわからない。わかるのは、苦痛があまりに鮮やかで、まわりの世界が燃え上がるように感じられたことだった。マロウンは動物のようにわめき、拳銃を持った手が意思に反して飛び出した。拳銃は彼の手から落ち、門に飛び込み、あの遠くの海に入っていった。

マロウンはひたすら叫び、ブラック・トムの腕から手を離した。苦痛を叩いて払いのけようとするかのように、自分の顔を叩いた。ブラック・トムがまた唸ると、マロウンの両目が濡れた感じになった。目に何かをされている。顔が引き抜かれていくような、強く引く感覚。ブラック・トムが片手に持った折り畳み式の剃刀は、血にまみれていた。

ブラック・トムはマロウンのまぶたを切り取ったのだ。

「目を閉じようとしてみろよ」とブラック・トムは言った。「都合の悪いときに目をつぶることはできない。今となってはな」

願いに反し、マロウンは目にした。門の向こうで、山が彼のほうを向く。そのまぶたが開く。海の底で、ふたつの目が星明かりのように光を放った。マロウンは涙を流した。

すると、その光景は押し流されていった。マロウンの血が視界を濁らせたのだ。ここにきて初めて、重機関銃が火を噴く音が、新たな破壊の音によってかき消された。中央の共同住宅が倒壊した。そのせいで、残りの二棟もぐらついた。そして倒壊した。マロウンには全世界が真っ二つに割れたかのように聞こえた。

ブラック・トムにようやく放してもらい、マロウンは地下室の床に倒れ込んだ。彼は刑事の耳にもうひと言だけ囁きかけた。ロバート・サイダムは一メートル半ほど離れたところで倒れていた。もう死んでいた。

マロウンの目に、そばでしゃがんでいるブラック・トムの姿が見えた。指を一本刑事の血に浸すと、門のすぐ前の床に何かの文字を書いた。ブラック・トムがそれを終えると、門は閉じられた。

一階に上がる地下室の階段がまた見えるようになった。階段の上にある扉が破られ、六人の警察官がよろめきながら下りてきた。地下室に行けば、最悪の事態は逃れられると思っているのだ。だが、その警察官たちは、最も容赦ない地獄の臓腑《ぞうふ》に入ってしまったと思ったに違いない。崩れていく共同住宅の建物から逃れてみれば、たどり着いたのは食肉処理場だった。ふたりの白人の死体、ブルックリン担当のマロウン刑事の無残な姿、血まみれの壁と床、そして、そのただなかに立つ黒人の男。

警察官のうちふたりは、階段を駆け上がって戻ろうとしたが、上から崩れてくるレンガと漆喰がそれを阻《はば》んだ。残りの四人はすぐにライフルと拳銃を構え、ブラック・トムに狙いをつけた。

ブラック・トムは剃刀を頭上に掲げ、彼らに向かって歩いていった。頭が朦朧《もうろう》として、苦痛を抱えてはいても、マロウンは警察官たちに叫んだ。撃て、と。それは血を求める叫び声だった。残りふたりの警察官も階段を下りたところで仲間たちに加わり、支給された拳銃を抜いた。その六人で、ブラック・トムに五十七発の銃弾を浴びせた。

17

トーマス・F・マロウン刑事はレッド・フックの恐怖を生き延び、六週間後に退院すると、ただちに表彰されて最高の栄誉を与えられた。仲間の警察官と消防士たちが生存者を探して現場を掘っているあいだ、彼は二十九時間にわたって地下室に閉じ込められていた。生きて出られたのはマロウンただひとりだった。地下室から運び出された死亡者は、ロバート・サイダム氏、アーヴィン・ハワード氏、そしてニューヨーク市警の六人の巡査だった。すべて、鋭利な刃物による死を示していたが、地下室を微《び》に入《い》り細《さい》を穿《うが》って調べても、そのような凶器は見つからずじまいだった。

入院中のマロウンを訪ねた人のなかには、ニューヨーク公安委員長、本部長、そして四人の副総監がいた。さらにはハイラン市長、パトリック・ジョゼフ・ヘイズ大司教もマロウンとの面会に訪れた。数名の一般人からマロウンに寄せられた手紙での質問に、公安委員長は困り顔になった。それらの手紙をすべて吟味し、一通もマロウンに渡すことはなかった。もとはロードアイランド出身で妻とブルックリンに住んでいる男がとりわけ執拗《しつよう》だったため、ふたりの警察官がその男の家に派遣され、ニューヨークから出ていくようにはっきりと通告することになった。その男のしつこい性格はプロヴィデンス向きだったかもしれない。彼はすぐに街を離れ、それきり戻ってはこなかった。

報道関係者たちはマロウンの病室にたどり着こうと手を尽くしたが、妙なことを漏らされはしないかと恐れた市長の手配により、マロウンはニューヨーク・メソジスト病院の隔離病棟に入れられていた。奇怪な話を延々と語ってしまうのではないかという不安と――明らかに、恐ろしい衝撃を受けたせいだ――彼の写真を撮られたくはないという思惑もあった。まぶたのない刑事という醜い姿は一面記事になって世界に出回ってしまうだろう。

パーカー・プレイスへの手入れは、これまでのところ肯定的に報道されていた。五十人近い犯罪者が逮捕され、うち半分は不法移民だった。その二十五人は船で強制送還され、もう半分は長期の懲役になる。共同住宅の建物が倒壊したことについては、その犯罪者たちが倉庫に爆発物を備蓄していたせいだということになった。最後に、三人の「青い目のノルウェー人」の幼児たちは、結局その敷地では見つからなかった。レッド・フック近辺だと燃え上がることで知られる白人たちの不安という沼気《しょうき》のせいで拉致《らち》の噂《うわさ》が流れたのだろう、と地元の人々は言った。

マロウンはできるかぎり回復し、そのうちに、職務を続けられないことを悟った。どの都会のどの街区の、どの建物に入ることを想像しても、彼は地面にへたり込んでしまい、恐怖で体が震えてしまう。彼の上司たちは、そこまで顔が変形している警察官が誰かの信頼を得られるとは想像できなかった。

ニューヨーク・メソジスト病院の専門医たちが開発したゴーグルを、マロウンは一生着けていかねばならない。彼は日中つねに両目を湿らせておくための溶液をもらった。そうしなければ目から水分が失われ、痛みが出るうえに、失明する危険もある。最初のゴーグルは透明だったが、マロウンが着けてみると目が拡大して見えてしまった。ふたつ目はより濃い色のガラスで作られていたため、問題はなかった。おかげで、道行く人々は、二度と閉じることのできない男の目を見ずにすんだ。

退院の直前、マロウンの目についての相談に呼ばれた警察医が病室に通された。その医者は、自分の親戚がいるというロードアイランド州チェパチェットという村の話をした。都会ではなくのどかな土地で、レッド・フックからかぎりなく離れてはいるが文明の恩恵は受けられるという。近くのウーンソケットにいる専門医の診断を受けて回復を確かめることも可能だ。滞在にかかる費用についてはニューヨーク市警が負担するとのことで、そこを退職の地にしてはどうかと暗に勧められていた。彼が消えてくれるのなら、ニューヨーク市が金を出す、と。マロウンはその話に乗った。

だが、例のごとく、情報は漏れた。ついに新聞に出たのは、真相のごた混ぜのようなものだった。ロバート・サイダムという男が、ブルックリンのレッド・フックにいる悪辣《あくらつ》な連中と知り合った。もともとは上流階級の生まれだった男が、犯罪と脅迫の文化に引き込まれて染まってしまい、不法入国の手引と子供の拉致を生業《なりわい》とする一味に成り下がった。サイダムはパーカー・プレイスにある共同住宅で最後の抵抗を試み、警察としては建物を襲撃するほかなかった。銃撃戦の末、手抜き工事で造った建物は倒壊し、サイダムと私立探偵に加え、六名の勇気あるニューヨーク市警の警察官が命を落とした。

新聞に載ったのはそれがすべてだった。そして、最後にはマロウンの記憶も変化した。チェパチェットの村で過ごし、ウーンソケットにいる専門医に診てもらううちに、マロウンはブラック・トムという名前の悪人についての自分の記憶を疑うようになった。あの恐るべき軍団は、最初からロバート・サイダムに率いられていたのではないか。富と教養ある生まれの人間こそが、周囲を動かすようになるのが当然の成り行きではないか。そうした問いを専門医から投げかけられると、マロウンは自分の経験を考え直した。真実と虚構を混ぜてしまったからといって、マロウンの頭を責められるだろうか。あの狡猾《こうかつ》な悪魔、ロバート・サイダムは、ハワード氏と六人の警察官を殺し、マロウンに悲痛な傷を負わせた。だが、神の公正さを示すべく、サイダムの手下だった黒人が彼を裏切り、主人の喉《のど》を切った。どれほど恐ろしくとも、そちらのほうに真実味があるのではないか。なんといっても、黒人たちはそれほど心が複雑ではないですからね、と専門医は説明した。頭が単純なのは連中の才能ですし、呪《のろ》いでもあります。

そうした専門医との面談が始まった当初、マロウンは明白な問いによって反論していた。**それでは、その黒人の死体は瓦礫《がれき》から見つかったのか？**　だが、専門医はその手の心配をあっさりと退けた。あれから二か月が経ったのに、まだ現場の除去作業は続いているでしょう？　その黒人はそのうち見つかりますよ。そしてもちろん、マロウンが最も怖れているのはそのことだった。

「あなたは救われた」。あるときの診察で、専門医はそう言った。「どうしてそんなに浮かない顔をしているんです？」

「あの黒人だ」とマロウンは答えたが、それは満足できる答えではなかった。

専門医が求めていた物語とは、新聞や、マロウンが接した公職の人々が口を揃《そろ》えて語ったものでもあった。ニューヨーク市警が総力を挙げても、剃刀《かみそり》を持った黒人ひとりを倒すことができなかった、などという世界を想像できるだろうか。想像できるはずがない。そんなことはありえない。そしてじきに、マロウンも彼らを信じようという気になった。奇妙な夢を見ていたようなあのときのことを、なかば思い出すようになった——レッド・フックにある地下室に降りていき、身の毛もよだつ異界に通じる門を見つけ、あらゆるたぐいの悪を目にしたが、それは〈眠れる王〉ではなかった。〈眠れる王〉などではない。ロバート・サイダムがその夢に登場した。彫り込みのある黄金の台座、それに続いて強烈な混沌《こんとん》があり、どういうわけかマロウンは助かった。より受け入れやすいその話を聞いて、専門医は満足したようだった。ニューヨーク市警や市長室の関係者に対し、マロウンはかなり回復してきていますよ、と専門医は断言した。

マロウンはチェパチェットでの暮らしに慣れ、秘儀的で深遠な事柄に対する興味をゆっくりと取り戻していった。警察からは、バトラー・ストリート署にある彼のデスクに置いてあった品々と、パーカー・プレイスの地下で見つかった品ひとつが送られてきた。手帳だ。それを手にしたマロウンは、長らく離ればなれになっていた真実の恋人にキスされたような衝撃を受けた。表紙はまだ塵《ちり》に覆われ、かすかに川の水の臭いがする。ページをめくっていくにつれ、かつての、より確信ある自分の一部が強くなっていく感覚があった。だが、最後のページには、あの日にレッド・フックで書き留めた言葉がある。**ゴルゴー、モルモー、千の貌《かお》持てる月。**とはいえ、彼をたじろがせたのはその言葉ではなかった。読んだ順に書き留めていった一連の言葉だった。〈至上のアルファベット〉。

あとひとつ文字を書かねばならないが、もう少し血が必要だ。
それを手伝ってもらおうか。

マロウンは思わず手帳を強く握りしめ、パーカー・プレイスに引き戻された。目から血を流し、顔は燃えるようになった彼のそばに、あの黒人がかがみ込んでいる。その男が、マロウンの耳に何かを囁《ささや》きかける。それから、指を血に浸すと、床の上で動かす。〈至上のアルファベット〉が、血糊《ちのり》によって書かれる。その最後の文字、実際には三つの短い言葉が地下室の床に走り書きされているのが、マロウンの目にも浮かぶように思えた。その言葉は、ずっと前にチャールズ・トマス・テスターがマー・アットに届けた本の表紙にも書かれていた。

それを思い出すと吐き気がしたが、彼は気がつけば頭の向きを変え、右耳を前に出していた。ブラック・トムが最後に口にしたあの言葉を聞こうとするかのように。それは何だったのか。

たったひとつの文だった。だが、ロードアイランドにあるささやかな小屋で暮らし始めた彼の耳に、その言葉は蘇《よみがえ》ってはこなかった。

　その代わり、それまで暮らしていた数か月間には考えられないほど小屋のなかが混み合うようになった。小屋の壁が倒れて屋根が落ちてしまうのではないか、と彼は心配になった。壁に沿って、あの六人の巡査が、まるで階段にいるように並び、ブラック・トムに銃弾を浴びせたときの姿勢になっている。自分たちの銃声の強烈な反響のせいで彼らは銃を落とし、自分の耳を押さえている。すると、ブラック・トムが階段の一番上に姿を現し――まるで、ちょうど外から入ってきたところだとでもいうように――六人の後ろをすっと動きながら、ひとりずつ喉を切っていくが、巡査たちは混乱しており、自分たちが殺されたことにも気づいていない。

　そしてその直後、階段の一番下で、奇妙だがもう馴染《なじ》みのものになった長く低い音をブラック・トムが立てると、悪臭を放つ風が地下を吹き抜けていく。ロバート・サイダムの書斎に守られていなくとも、彼は時と次元のなかを動き回ることができる。船を必要としない、星の旅人となったのだ。そして、かつてはチャールズ・トマス・テスターだったブラック・トムは、門を抜けていく。彼は出ていった。

　そのすべてが蘇ってくると、マロウンはいても立ってもいられなくなった。表に駆け出たが、それでも無防備だと感じた。チェパチェットの道路を歩いていって集落から出ると、パスコーグ村に向かった。ひとまわり都会的な村で、小さな中心街には少し背の高い建物が数軒ある。雑誌をいくつか買ってから昼食にでもしようと思って歩いてきたのだ、と自分に言い聞かせたが、それはすべて嘘だった。追われ、駆り立てられているように思ったが、何に追われているのかはわからなかった。マロウンと専門医が真実を覆い隠す紙として使った物語はすべて、あっさりと破り捨てられてしまった。

トーマス・F・マロウンはセイルス・アヴェニューを歩き、じきに中心街に出た。道行く人々から見れば奇妙な姿だった。不安げな様子の長身の男が、色つきの巨大なゴーグルをかけているのだから。それがさらに奇妙さを増したのは、中心街で彼が体の向きを変え、パスコーグ中心部で最も高い建物を前にしたときだった。それを見上げたとたん、彼は地面に崩れ落ちて叫び声を上げた。その声の恐ろしさは、客車を引く馬が駆け出したほどだった。御者は散々苦労した末に動揺した馬を止めた。空を見上げる妙な男のまわりに、道行く人々が集まった。大丈夫かと口々に訊《たず》ね、地元の保安官を連れてくるようにと子供がひとり出されたが、どう見ても、男は建物が空に描く線を見つめているだけで、今にもわめき出そうとするかのように口をわななかせていた。何があったのか、と周囲は口々に問いかけた。何が見えているのか？

ただの酔っ払いか、気が狂っているのだという声が多かったが、ひと握りの、より感受性のある人々は、彼の視線の先を追った。一瞬、彼らはみな、ぼんやりとした雲に浮かぶおぞましい顔を目にした。誰もが、マロウンに姿を見せてひざまずかせたものを見た。人のものでけない目がふたつ、空から彼らを見下ろし、星のように輝いている。そのとき、その場所で、マロウンはブラック・トムが地下室で最後に囁きかけてきた言葉をついに耳にした。

いつでも、おまえたち悪魔の上にクトゥルフを連れてくるからな。

そしてマロウンは我に返り、自分が起こした騒ぎに気づくと、集まった人々に謝った。保安官に身元を説明すると、チェパチェットにある小屋にふらふらと戻っていき、少しのあいだパスコーグでの活発な噂話の的となった。

18

ブラック・トムはヴィクトリア協会の食事室に入ると、窓際にあって一三七丁目を見下ろすテーブルに席を取った。到着するとすぐ、折り畳み式の剃刀《かみそり》をポケットに入れ、上着とベストを脱いだ。少し身なりを整えてはいたが、ほとんど意味はなかった。ズボンには泥がこびりついているうえに血で黒ずみ、汗ぐっしょりのシャツは肌にへばりついていた。それでも、店には入れてもらえた。案内係は彼を怖れていた。

ブラック・トムは食事室に座った。まだ夕方にもなっていなかった部屋には彼しかいなかった。彼はすべてに背を向けて座り、ハーレムの上空で輝く太陽を眺め、歩道や通りから上がる生活音に耳を傾けた。

バックアイがやってきたとき、ブラック・トムの前には食事を載せた皿があった。何も手をつけられてはいなかった。バックアイは今回はプエルトリコ人の女が作った料理を自分用に注文し、アルカプリア〔青いバナナをすりつぶした生地でひき肉を包んで揚げた料理〕をふたつ食べたところでようやくブラック・トムのほうを見た。案内係からは、友人が来店しているが、どう見てもおかしな雰囲気だと知らされていた。

「父さんのことは聞いたよ」と、アルカプリアを飲み込んでからバックアイは言った。

「俺の父さん？」ブラック・トムの口調はまるで、自分に父親がいたことを忘れていたかのようだった。

「おまえ、どこにいたんだ？」バックアイはフォークを置いて言った。「何があった？」

「そのうち耳に入るさ」ブラック・トムは落ち着いて言った。「明日の新聞に出る。一週間ずっと出るかもな。そのあとは別の話題に移るんだろうけどさ」

バックアイは何も言わずにブラック・トムを見つめた。それなりに長くこの稼業をしてきた彼は、あとで裁判沙汰《ざた》に巻き込まれたくなければ訊《たず》ねないほうがいいこともあると心得ていた。

ブラック・トムは言った。「俺はでかいことをやった。誰も、この先しばらくは理解できないくらいでかいことだ。本気で頭にきてしまった」

バックアイは頷《うなず》き、モフォンゴ〔青いプランテン（料理用品種のバナナ）を揚げてすりつぶし、スープやオリーヴオイルやニンニクを加えた料理〕をもう何口か食べると、それに続く質問はどうにか抑え込んだ。

「俺はいい人間だったただろ？　そりゃ父さんみたいじゃなかったけど、人には誠実だった。深い意味では」

「そのとおりさ」とバックアイは言い、昔からの友人としっかり目を合わせた。「おまえはずっといいやつだった。今でもそうだ」

ブラック・トムはかすかに微笑《ほほえ》んだが、首を横に振った。「あいつらの近くにいると、いつも俺は怪物扱いだ。だからこう言ってやったよ。こんちくしょうめ、あんたらが見たこともないような怪物になってやる！」

店に入ってきて近くのテーブルにいた食事客たちがブラック・トムのほうを振り向いたが、彼もバックアイもそれには気づかなかった。

「でも、俺は忘れてた」とブラック・トムは静かに言った。「ここのことをすっかり忘れてた」

ヴィクトリア協会のテーブルで食事をする男や女を、ブラック・トムはざっと眺め回した。そして一三七丁目に面して並ぶ窓を指した。

「ここじゃ俺は怪物だなんて言われない」とブラック・トムは言った。「なのにどうして、ほかのところに逃げていって、犬みたいな扱いを受けようなんて気になったんだ？　どうして、人生にあるいいものに気づかなかったんだ？　俺が父さんを危険な目に遭わせたってマロウンは言った。そのとおりだ。俺のせいでもある。さして考えることもせずに父さんを利用してしまった」

ブラック・トムはポケットに手を入れ、折り畳み式の剃刀を取り出した。バックアイは素早く部屋に目を走らせたが、ブラック・トムはまわりには構わなかった。彼は剃刀を開いた。刃にはゼリーがべっとりとついているように見えた。それが何か、バックアイは知っていた。ブラック・トムが剃刀をテーブルに置くと、バックアイは自分のナプキンをその上にかぶせた。

「これは捨てなきゃだめだ」バックアイはナプキン越しに浮かぶ輪郭を見ながら言った。「この店に来る前に捨てておくべきだった」

「海はせり上がってきて、俺たちの都市はすべて海原に飲み込まれるだろう」とブラック・トムは言った。「空気は熱くなり、俺たちは息ができなくなる。〈王〉とその仲間たちのために、世界は作り直される。あの白人は無関心を怖れていた。それがどういうものかを、たっぷり思い知ることになるさ。

「どれくらい時間がかかるのかはわからない。俺たちと彼らでは、時間の数え方が違う。一か月か。それとも百年か。そのすべては過ぎ去るだろう。人類は消し去られる。この地球はふたたび彼らのものになる。それをやったのは俺だ。ブラック・トムがやったんだ。俺は彼らに世界を渡した」

「ブラック・トムってのは誰のことなんだ?」とバックアイは訊ねた。

「俺だよ」

バックアイはもう一度あたりを見回すと、剃刀ごとナプキンをつかんだ。剃刀を包むようにナプキンを畳んだ。

「おまえの名前はトミー・テスター」とバックアイは言った。「チャールズ・トマス・テスターだ。俺の一番の親友で、俺が知るかぎり一番歌が下手くそな男だ」

ふたりとも声を上げて笑った。笑っているあいだだけ、ブラック・トムはほんの少し前までの姿に戻った。二十歳の、人生を大いに楽しんでいる男の姿に。

「俺がもっと父さんに似てたらよかったのにな」とブラック・トムは言った。「金は大してなかったけど、魂を失うことは絶対になかった」

バックアイはテーブルから素早く抜け出し、右足のブーツのことで文句を言いつつ、剃刀をそこに忍び込ませておこうとしていた。トミーを家まで送ったあと、川に捨てるつもりだった。

「俺は自分の魂を取り戻せるんだろうか」とブラック・トムは小声で言った。

彼は席から立ち上がると、窓のそばに行った。そして窓を開けた。午後四時十三分、そこから三街区以内にいたハーレムの住民たちは、頭のなかで奇妙な音が鳴り、突然の吐き気に襲われたと通報した。ヴィクトリア協会にいる人々が何事かを悟る前に、ブラック・トムは窓から出ていった。振り返ったバックアイは、彼が窓から飛び出していく姿を目にしたが、トミー・テスターの遺体は見つからずじまいだった。ジグ《Zig》・ザグ《Zag》・ジグ《Zig》。

訳者あとがき

本書『ブラック・トムのバラード』は、二〇一六年に発表されたヴィクター・ラヴァルによる中編小説 *The Ballad of Black Tom* の全訳である。

作者ヴィクター・ラヴァルは、一九七二年にニューヨークで生まれたアフリカ系アメリカ人幻想作家である。父親は白人のアメリカ人、母親はウガンダ出身の移民であり、のちに両親は離婚している。シングルマザーとなった母親のもと、ラヴァルはクイーンズで育つ。コーネル大学に進学して英文学を学び、コロンビア大学大学院創作科で修士号を取得した。

一九九九年に短編集 *slapboxing with jesus* を発表し、ラヴァルは二十代で作家としてのキャリアをスタートさせている。少年が都市で成長していくなかでの葛藤や暴力との対面など、デビュー当時は純文学的なスタイルを見せており、その短編集の登場人物のひとりを主人公として二〇〇二年に発表した初長編 *The Ecstatic* も好評のうちに迎えられた。

その後、ラヴァルは幻想文学の要素を取り込みつつ、人種という主題をそこに絡めるという作風を強めていく。二〇〇九年の長編第二作 *Big Machine* は、元麻薬中毒者の主人公がある手紙を受け取ったことをきっかけに、二世紀前に逃亡奴隷が作ったという秘密の図書館の謎を追うようになるという筋立てになっている。クイーンズの精神病棟を舞台とし、そこに閉じ込められている怪物を通じてアメリカ社会の残酷さを描く二〇一二年の *The Devil in Silver* もまた、ホラーやスリラーといった要素を活用した小説として高い評価を得た。

こうして作家としての方向性を定めたラヴァルが次に取り組んだのは、幻想・怪奇小説のジャンルを代表するひとりであるH・P・ラヴクラフト作品を換骨奪胎することだった。

読書好きのラヴァルの少年時代には、お気に入りの作家が四人いたという。スティーヴン・キング、シャーリィ・ジャクスン、クライヴ・バーカー、そしてラヴクラフトである。十歳か十一歳のころにラヴクラフト作品と出会い、その独特の雰囲気に引き込まれたというラヴァルだが、数年後、ラヴクラフトが人種差別主義者であったことに気づき、作品に対する愛情と同時に裏切られたような思いを抱くことになる。ラヴクラフトの短編「レッド・フックの恐怖」を取り上げて語り直しを試みることで、ラヴァルは愛憎交錯する「相反する感情」を物語として昇華してみせたのだ。

H・P・ラヴクラフト（一八九〇―一九三七）は、アメリカを代表する怪奇・幻想小説家として認知されている。彼を最も有名にしたのは、いわゆる「クトゥルフ神話」に属する作品群だが、「レッド・フックの恐怖」では、クトゥルフが言及されることはない。一九二〇年代に新たにブルックリンの埠頭付近のレッド・フック地区において発生した「ロバート・サイダムの事件」を調査する刑事トーマス・マロウンが、異国から持ち込まれた地下教会での秘儀の存在を知ることになる、という物語である。

執筆当時は貧窮し、レッド・フック近くに住んでいたラヴクラフトは、物語の背景となる、その地区に到着した新たな移民たちでごった返す街の姿に嫌悪感をにじませている。

その時代から九〇年後、アフリカ系作家ラヴァルはラヴクラフトの世界を語り直すことを試みた。ラヴァル自身の生い立ちからして、人種や移民の問題と無縁ではありえないことに加え、二〇一〇年代はアフリカ系アメリカ人市民に対する警察の暴力がまたも明るみに出て、「ブラック・ライヴズ・マター」(Black Lives Matter)運動を生み出した時代でもある。それを踏まえたラヴァルの語り直しは、舞台となるレッド・フックや登場人物などの要素をラヴクラフト作品から受け継ぎ、ときには原作の文章までも借用しつつ、まったく異なる物語世界を作り上げてみせる。

ラヴァルの物語において主人公となるのは、マンハッタンのハーレム地区に住むアフリカ系の若者チャールズ・トマス・テスター、「トミー・テスター」である。一九二四年、根強い社会的差別のなかで自分なりに稼ぐ手段として、街角でギターでの弾き語りをするふりをして、その実怪しげな稼業を引き受けているトミー・テスターのもとに、ある日、白人の老人が声をかけてくる。ロバート・サイダムと名乗るその男は、自宅で開くパーティーで演奏してもらいたいと持ちかけてくる。果たしてサイダムの狙いは何か？　そしてまもなく、サイダムを調査するトーマス・マロウン刑事と私立探偵ハワードが現れ、トミー・テスターの人生は大きな転機を迎える……。

ラヴクラフトの世界の中心に、ラヴァルは人種差別とその暴力に直面するアフリカ系の主人公を据えた。それにより、怪奇小説でありスリル感にも満ちた物語のなかに、人種をめぐる極めて現代的な視点がスタイリッシュに投入され、小説としての面白さをさらに際立たせることに成功している。

同時に、一九二〇年代の生き生きとしたニューヨークの姿が背景となっていることも、この作品の大きな魅力だろう。オリジナルの「レッド・フックの恐怖」においては否定的に描かれるほかなかった街は、ラヴァルにおいては、トミー・テスターの「ホーム」というべきハーレム、開発が進みつつあるクイーンズ、そして事件の舞台となるレッド・フックと描き分けがなされ、カリブ海からの移民をはじめとして、人種的に多様化が進み、変貌しつつあるニューヨークとそこに住む人々の人間模様を際立たせている。

ラヴァルの創作において、書物や文字はしばしば重要な意味を持ち、ときには呪術的な力を発揮するものとして登場する。『ブラック・トムのバラード』も例外ではない。その役割を担うことになるのは、冒頭から顔をのぞかせる「至上のアルファベット」(the Supreme Alphabets)である。それぞれのアルファベットに深遠な意味を見出す解釈術として、主にヒップホップ文化に受け継がれているこの概念は、日本語の読者にはいささかなじみが薄いと思われる。ここではラヴァル自身による説明を引用しておきたい。

「至上のアルファベット」を使うという発想はラップ音楽からもらったものだ。ラップ音楽にそれを伝えたのは、「ファイヴ・パーセント・ネイション」とも呼ばれる、「ネイション・オブ・ゴッズ・アンド・アースズ」というグループで、ネイション・オブ・イスラムから派生したものなんだ。このグループはブラック・ナショナリズムのようなものを説いていて(黒人至上主義だという声もある)、一九七〇年代、八〇年代、そして特に九〇年代の黒人の若者たちに人気があった。今でも人気のあるアメリカ北東部のヒップホップグループは「ファイヴ・パーセンターズ」に影響を受けていた。（中略）かなり複雑な話ではあるけれど、「ファイヴ・パーセンターズ」の間で伝授される一連の教えみたいなものがあって、それはざっくり言えば「至上のアルファベット」と「至上の数学」と呼ぶことができる。僕が自分の物語に「至上のアルファベット」を入れることにしたのは、まあ面白いと思ってのことだったけれど、ラヴクラフトの世界に何か新しい要素を入れてみたかったからでもある。ラヴクラフトの白人至上主義と、「ファイヴ・パーセンターズ」の黒人至上主義を戦わせてみて、勝つのはどっちか、とやってみるのはうまい皮肉にもなると思ったしね（まあ、どちらも勝ちはしないけれど）。

（The Lovecraft Ezine ウェブサイト掲載のインタビューより）

「至上のアルファベット」は、「アッラー《Allah》」で始まり、「正義《Justice》」や「女王《Queen》」を経て、「ジグ《Zig》・ザグ《Zag》・ジグ《Zig》」で終わる。ヒップホップの歌詞にもちらほらと登場するこの発想を、ラヴァルは物語におけるサスペンスの一部としてだけでなく、人種をめぐる葛藤の構造のなかに埋め込むことで、社会のなかで振るわれる暴力が生み出す悪循環を見つめようとしているとも言える。「至高のアルファベット」あるいは「シュプリーム・アルファベット」とも訳されるこの語を

「至上のアルファベット」としたのは、以上のような人種の至上主義との関わりによる。

ラヴァルは音楽にもこだわりが強い。ミュージシャンへの憧れを持ち続け、ヘビメタバンドのドラマーになりたくてドラムセットも買ったが、結局音楽的な才能は自分にはなかった、と自嘲気味に語っている。ヒップホップ経由の「至上のアルファベット」だけでなく、作中でトミー・テスターが歌うブルースの曲には、一九二〇年代から四〇年代にかけて活動したブルース・ミュージシャンであるサン・ハウスの曲が選ばれている。

こうした多様な要素を含みつつ、無駄のない語り口とエンターテイメント性も兼ね備えた『ブラック・トムのバラード』には、刊行直後から絶賛の声が多く寄せられた。二〇一六年のシャーリィ・ジャクスン賞の中編小説部門を受賞し、翌年にかけての幻想文学関連の賞に続々とノミネートされたほか、二〇一七年にはテレビシリーズ化される企画も発表され、ラヴァル自身も製作陣に名を連ねている。

作家としてのその後の活躍も目覚ましい。二〇一七年に刊行した長編小説 *The Changeling* は、二一世紀のニューヨークを舞台とし、SNS時代のプライヴァシーの問題に、民話のモチーフである取り替え子、そして北欧神話の怪物が絡むというサスペンスに満ちた幻想小説であり、翌二〇一八年には世界幻想文学大賞を受賞した。そのほか、『フランケンシュタイン』を現代に蘇らせるグラフィック・ノヴェル*Destroyer*を共作するなど、ラヴァルは着実に活動の幅を広げつつある。なお、ラヴァルの邦訳で読めるものとしては、『Them magazine』二〇一七年冬号に掲載された短編「想い出のスカフタフェットル」（拙訳）がある。

ラヴァルは『ブラック・トムのバラード』の後日譚のような形で、ラヴクラフトの世界を再び語り直すという執筆計画を温めているとも発言している。それが実現するのかどうかは不明だが、この先も目が離せない作家の一人であることは間違いない。

本書の翻訳に際しては、複数あるラヴクラフトの邦訳版から、創元推理文庫版『ラヴクラフト全集　5』に収録されている「レッド・フックの恐怖」を使用した。そのほか、「クトゥルー」か「クトゥルフ」か、はたまた別の呼び名がふさわしいのかという点をはじめとして、ラヴクラフトの世界におけるさまざまな用語に関しては、ラヴァルの作品との相性を考えて訳者の責任で選択を行なった。これまでのラヴクラフト作品の翻訳の蓄積に感謝したい。

また、作中に登場するサン・ハウスの曲の一節についても、小説の主題に合わせる形で訳者が翻訳している。小説後半にはハーマン・メルヴィルの「幽霊船」からの引用が使われているが、その箇所については、岩波文庫版『幽霊船　他一篇』の坂下昇訳を使わせていただいた。

本書が形になるまでは、訳者の僕の偏愛を東宣出版の津田啓行さんがしっかりと受け止めてくださり、企画段階から訳稿のチェックまで的確に支えてくださったことに感謝したい。また、訳文の完成に際しては、同志社大学文学研究科大学院生の恵愛由さんにチェックをお願いし、さまざまな提案をいただいた。どうもありがとうございました。

授業でもラヴァル作品を取り上げる機会があったことは幸運というほかない。同志社大学文学部英文学科の二〇一九年度ゼミ生たちと冒頭五章の訳について意見交換したほか、京都大学の授業でも日本語訳で疑問に思う箇所を指摘してもらうことができた。多くの人たちに囲まれるようにして翻訳を進められたことに感謝したい。

なんといっても、僕にとって最も大きな支えは家族だった。ラヴァルの文章からクトゥルフの絵を描いてなごませてくれた娘と、人生における最大のインスピレーションを僕に与え続けてくれる妻・河上麻由子に、愛と感謝をこめて、本書の翻訳を捧げたい。

二〇一九年十月　京都にて

藤井光

[著者について]

ヴィクター・ラヴァル

一九七二年生。ニューヨークのクイーンズで育つ。コーネル大学を卒業後、コロンビア大学大学院創作科を修了。一九九九年に短編集 *slapboxing with jesus* でデビューし、以降はホラーや幻想文学の要素を取り込んだ作風を追求していく。二〇〇九年発表の *Big Machine* でシャーリィ・ジャクスン賞（長編小説部門）を受賞、本作『ブラック・トムのバラード』でも同賞（中編小説部門）を獲得。二〇一七年に刊行された *The Changeling* で世界幻想文学大賞（長編小説部門）を受賞。現在はマンハッタン在住。

[訳者について]

藤井光（ふじいひかる）

一九八〇年生。同志社大学文学部英文学科教授、翻訳家。北海道大学大学院文学研究科修了。著書に『21世紀×アメリカ小説×翻訳演習』、『ターミナルから荒れ地へ 「アメリカ」なき時代のアメリカ文学』、訳書にテア・オブレヒト『タイガーズ・ワイフ』、アンソニー・ドーア『すべての見えない光』、デニス・ジョンソン『海の乙女の惜しみなさ』、レベッカ・マカーイ『戦時の音楽』、サルバドール・プラセンシア『紙の民』など。